U0540478

· 阅读，与最好的自己相遇 ·

丰子恺散文精选

丰子恺 著
Feng Zikai

杨朝婴 杨子耘 / 选编

为青少年读者量身打造的经典读本

长江出版传媒 | 崇文书局

图书在版编目（CIP）数据

丰子恺散文精选：青少版 / 丰子恺著；杨朝婴，
杨子耘选编． —— 武汉：崇文书局，2021.4（2024.2重印）
ISBN 978-7-5403-5312-4

Ⅰ．①丰… Ⅱ．①丰… ②杨… ③杨… Ⅲ．①散文集
－中国－现代 Ⅳ．① I266

中国版本图书馆CIP数据核字（2021）第030662号

责任编辑：曹　程
责任校对：董　颖
责任印制：李佳超

丰子恺散文精选：青少版
Feng Zikai Sanwen Jingxuan：Qingshaoban

出版发行：	长江出版传媒　崇文书局
地　　址：	武汉市雄楚大街268号C座11层
电　　话：	(027)87677133　邮政编码　430070
印　　刷：	武汉市首壹印务有限公司
开　　本：	640mm×900mm　1/16
印　　张：	16.5
字　　数：	160千字
版　　次：	2021年4月第1版
印　　次：	2024年2月第4次印刷
定　　价：	32.80元

（如发现印装质量问题，影响阅读，由本社负责调换）

本作品之出版权（含电子版权）、发行权、改编权、翻译权等著作权以及本作品装帧设计的著作权均受我国著作权法及有关国际版权公约保护。任何非经我社许可的仿制、改编、转载、印刷、销售、传播之行为，我社将追究其法律责任。

序 言

杨朝婴

　　说起丰子恺，可能大多数人首先会想到他是一个漫画家，但很多朋友都知道，他的散文一点不逊色于漫画。郁达夫曾经说过："人家只晓得他的漫画入神，殊不知他的散文，清幽玄妙，灵达处反远出在他的画笔之上。"只不过由于一些原因，在很长一段时间内没有得到相应的重视。

　　漫画、散文并驾齐驱，得益于丰子恺艺术的眼光。旁人看来很普通的事物，在丰子恺眼里能看出一道艺术的风景，因为"平常的人，平常的地方，平常的东西，都有美的样子"。丰子恺在书房里，经常爱把家具搬来搬去，将它们调整到最舒适妥帖的位置，使整个空间生动而又和谐。家里的钟面太平常，他便将钟面改造成一幅飞燕图，蓝天下有杨柳飘拂，两根指针上的燕子随着时间的推移争相追逐。丰先生认为，有了好心情才能更好地生活、创作。

　　丰子恺对子女的衣着也非常上心，每到寒冬添衣时节，丰师母会事先咨询他关于着装色彩的意见。和孩子们一起出门，如果有人衣帽颜色与众人不调，都要回家换好再走，难怪丰家的邻居们会夸奖："到底是画家的孩子，连衣服帽子也要配成不同的花色，看起来怪适意的！"这些都是图画中的构图、色彩搭配原理，但从艺术角度讲，其实也跟文章的构思、文笔的运用息息相关。

正因为丰子恺有着艺术的眼光，他的作品无论漫画还是散文，都充满了艺术气息。读他的散文，常常会联想到许多画面；看他的漫画，看完之后又会产生丰富的联想。丰子恺就曾说过："所谓艺术的生活，就是把创作艺术、鉴赏艺术的态度应用在人生中，即教人在日常生活中看出艺术的情味来。"

这本《丰子恺散文精选》（青少版）正是丰子恺先生带着艺术眼光创作的结晶，是献给青少年朋友的"艺术盛宴"。全书围绕"艺术"的主题分成三个部分，在第一部分《吃瓜子》一文中，日本人吃瓜子的囧样被丰子恺描写得惟妙惟肖，同时道出了一个大道理；《敬礼》的灵感来自作者写作时无意中看见的小蚂蚁，通过文章，他表达了对蚂蚁友爱互助精神的敬重。凡是身边的点点滴滴不经意的小事，丰子恺先生总能以艺术的眼光看出人生的真谛。第二部分，是丰子恺先生写给各位青少年朋友的"艺术小百科"，讲述了关于美术、音乐的点滴常识，分享了很多有关艺术的真实感悟。丰先生曾经说过："倘能因艺术的修养，而得到了梦见这美丽世界的眼睛，我们所见的世界，就处处美丽，我们的生活就处处滋润了。"抗日战争的一声炮响，把丰子恺从缘缘堂拉进了硝烟弥漫的时代行列中，踏上了逃难的征程。他"以笔为枪"，痛斥侵略者的无耻行径，表达对抗战胜利的信心和愿望。逃难的生活虽然艰苦，但丰子恺先生也没忘从中寻找生活的乐趣，还保持着自己的创作风格，第三部分让大家看到了另一种"艺术的逃难"。

正如丰子恺先生自己所说："最喜小中能见大，还求弦外有余音。"他的作品，无论漫画还是散文，都是这样的。

目录

艺术的人生

给我的孩子们	2
剪网	6
天的文学	9
从孩子得到的启示	11
东京某晚的事	16
大账簿	19
秋	25
梦耶真耶	29
两个"?"	34
吃瓜子	40
作客者言	47
送阿宝出黄金时代	59
荣辱	65
家	68
我的少年时代	75

| 敬礼 | 78 |

艺术的趣味

图画教授谈	84
直到世界末	87
中国画与西洋画	91
艺术三昧	98
答询问口琴吹奏法诸君并TY君	101
美与同情	105
眼与手	110
我的学画	118
儿童与音乐	123
绘画与文学	126
诗人的平面观	137
儿童画	140
音乐之用	143

音乐与人生	148
西洋画之中国画化	151
图画与人生	153
国画教育的效果	161
谈工艺美术	168
艺术教育的本意	173
鲁迅先生与美术	178
西湖忆旧	180

"艺术的逃难"

劳者自歌（三则）	186
还我缘缘堂	189
一饭之恩	193
神鹰东征琐话	197
桂林初面	202
未来的国民——新枚	206

中国就像棵大树	211
宜山遇炸记	216
沙坪小屋的鹅	223
"艺术的逃难"	229
狂欢之夜	237
谢谢重庆	240
桂林的山	244
胜利还乡记	248
防空洞中所闻	253

/丰子恺散文精选/

艺术的人生

他能撤去世间事物的因果关系的网,

看见事物的本身的真相。

他是创造者,能赋给生命于一切的事物。

他们是"艺术"的国土的主人。

唉,我要从他学习!

给我的孩子们

我的孩子们！我憧憬于你们的生活，每天不止一次！我想委曲地说出来，使你们自己晓得。可惜到你们懂得我的话的意思的时候，你们将不复是可以使我憧憬的人了。这是何等可悲哀的事啊！

瞻瞻！你尤其可佩服。你是身心全部公开的真人。你什么事体都像拼命地用全副精力去对付。小小的失意，像花生米翻落地了，自己嚼了舌头了，小猫不肯吃糕了，你都要哭得嘴唇翻白，昏去一两分钟。外婆普陀去烧香买回来给你的泥人，你何等鞠躬尽瘁地抱他，喂他；有一天你自己失手把他打破了，你的号哭的悲哀，比大人们的破产，失恋，broken heart①，丧考妣，全军覆没的悲哀都要真切。两把芭蕉扇做的脚踏车，麻雀牌堆成的火车，汽车，你何等认真地看待，挺直了嗓子叫"汪——""咕咕咕……"来代替汽笛。宝姐姐讲故事给你听，说到"月亮姐姐挂下一只篮来，宝姐姐坐在篮里吊了上去，瞻瞻在下面看"的时候，你何等激昂地同她争，说"瞻瞻要上去，宝姐姐在下面看！"甚至哭到漫姑②面前去求审判。我每次剃了头，你真心地疑我变了和尚，好几时不要我抱。最是今年夏天，你坐在我膝

---

① 心碎。
② 漫姑，即作者的三姐丰满。

上发见了我腋下的长毛,当作黄鼠狼的时候,你何等伤心,你立刻从我身上爬下去,起初眼瞪瞪地对我端相,继而大失所望地号哭,看看,哭哭,如同对被判定了死罪的亲友一样。你要我抱你到车站里去,多多益善地要买香蕉,满满地撷了两手回来,回到门口时你已经熟睡在我的肩上,手里的香蕉不知落在哪里去了。这是何等可佩服的真率,自然,与热情!大人间的所谓"沉默""含蓄""深刻"的美德,比起你来,全是不自然的,病的,伪的!

你们每天做火车,做汽车,办酒,请菩萨,堆六面画,唱歌,全是自动的,创造创作的生活。大人们的呼号"归自然!""生活的艺术化!""劳动的艺术化!"在你们面前真是出丑得很了!依样画几笔画,写几篇文的人称为艺术家,创作家,对你们更要愧死!

你们的创作力,比大人真是强盛得多哩:瞻瞻!你的身体不及椅子的一半,却常常要搬动它,与它一同翻倒在地上;你又要把一杯茶横转来藏在抽斗里,要皮球停在壁上,要拉住火车的尾巴,要月亮出来,要天停止下雨。在这等小小的事件中,明明表示着你们的小弱的体力与智力不足以应付强盛的创作欲、表现欲的驱使,因而遭逢失败。然而你们是不受大自然的支配,不受人类社会的束缚的创造者,所以你的遭逢失败,例如火车尾巴拉不住,月亮呼不出来的时候,你们决不承认是事实的不可能,总以为是爸爸妈妈不肯帮你们办到,同不许你们弄自鸣钟同例,所以愤愤地哭了,你们的世界何等广大!

你们一定想:终天无聊地伏在案上弄笔的爸爸,终天闷闷地坐在窗下弄引线的妈妈，是何等无气性的奇怪的动物！你们所视为奇怪动物的我与你们的母亲，有时确实难为了你们，摧残了你们，回想起来，真是不安心得很！

阿宝！有一晚你拿软软的新鞋子，和自己脚上脱下来的鞋子，给凳子的脚穿了，划袜立在地上，得意地叫"阿宝两只脚，凳子四只脚"的时候，你母亲喊着"龌龊了袜子！"立刻擒你到藤榻上，动手毁坏你的创作。当你蹲在榻上注视你母亲动手毁坏的时候，你的小心里一定感到"母亲这种人，何等杀风景而野蛮"吧！

瞻瞻！有一天开明书店送了几册新出版的毛边的《音乐入门》来。我用小刀把书页一张一张地裁开来，你侧着头，站在桌边默默地看。后来我从学校回来，你已经在我的书架上拿了一本连史纸印的中国装的《楚辞》，把它裁破了十几页，得意地对我说："爸爸！瞻瞻也会裁了！"瞻瞻！这在你原是何等成功的欢喜，何等得意的作品！却被我一个惊骇的"哼！"字喊得你哭了。那时候你也一定抱怨"爸爸何等不明"吧！

软软！你常常要弄我的长锋羊毫，我看见了总是无情地夺脱你。现在你一定轻视我，想道："你终于要我画你的画集的封面！"①

最不安心的，是有时我还要拉一个你们所最怕的陆露沙医生来。教他用他的大手来摸你们的肚子，甚至用刀来在你们臂上割几下，还要教妈妈和漫姑擒住了你们的手脚，捏住了你们的鼻子，把很苦的水

---

① 丰子恺的第二本画集《子恺画集》，封面画是软软所作。

灌到你们的嘴里去。这在你们一定认为太无人道的野蛮举动吧！

孩子们！你们真果抱怨我，我倒欢喜；到你们的抱怨变为感谢的时候，我的悲哀来了！

我在世间，永没有逢到像你们样出肺肝相示的人。世间的人群结合，永没有像你们样的彻底地真实而纯洁。最是我到上海去干了无聊的所谓"事"回来，或者去同不相干的人们做了叫做"上课"的一种把戏回来，你们在门口或车站旁等我的时候，我心中何等惭愧又欢喜！惭愧我为什么去做这等无聊的事，欢喜我又得暂时放怀一切地加入你们的真生活的团体。

但是，你们的黄金时代有限，现实终于要暴露的。这是我经验过来的情形，也是大人们谁也经验过的情形。我眼看见儿时的伴侣中的英雄、好汉，一个个退缩、顺从、妥协、屈服起来，到像绵羊的地步。我自己也是如此。"后之视今，亦犹今之视昔"，你们不久也要走这条路呢！

我的孩子们！憧憬于你们的生活的我，痴心要为你们永远挽留这黄金时代在这册子里。然这真不过像"蜘蛛网落花"略微保留一点春的痕迹而已。且到你们懂得我这片心情的时候，你们早已不是这样的人，我的画在世间已无可印证了！这是何等可悲哀的事啊！

《子恺画集》代序，一九二六年耶诞节作。①

---

① 作为《子恺画集》代序，本篇篇末所署为：1926年耶稣降诞节，病起，作于炉边。

5

剪网

大娘舅①白相了"大世界"②回来。把两包良乡栗子在桌子上一放，躺在藤椅子里，脸上现出欢乐的疲倦，摇摇头说：

"上海地方白相真开心！京戏、新戏、影戏、大鼓、说书、变戏法，什么都有；吃茶、吃酒、吃菜、吃点心，由你自选；还有电梯、飞船、飞轮、跑冰……老虎、狮子、孔雀、大蛇……真是无奇不有！唉，白相真开心，但是一想起铜钱就不开心。上海地方用铜钱真容易！倘然白相不要铜钱，哈哈哈哈……"

我也陪他"哈哈哈哈……"

大娘舅的话真有道理！"白相真开心，但是一想起铜钱就不开心"，这种情形我也常常经验。我每逢坐船，乘车，买物，不想起钱的时候总觉得人生很有意义，对于制造者的工人与提供者的商人很可感谢。但是一想起钱的一种交换条件，就减杀了一大半的趣味。教书

---

① 大娘舅，指丰子恺之妻徐力民的大哥，这里是按照儿女们的称呼。
② "大世界"是当时上海一个著名游乐场。

也是如此：同一班青年或儿童一起研究，为一班青年或儿童讲一点学问，何等有意义，何等欢喜！但是听到命令式的上课铃与下课铃，做到军队式的"点名"，想到商贾式的"薪水"，精神就不快起来，对于"上课"的一事就厌恶起来。这与大娘舅的白相大世界情形完全相同。所以我佩服大娘舅的话有道理，陪他一个"哈哈哈哈……"

原来"价钱"的一种东西，容易使人限制又减小事物的意义。譬如像大娘舅所说："共和厅里的一壶茶要两角钱，看一看狮子要二十个铜板。"规定了事物的代价，这事物的意义就被限制，似乎吃共和厅里的一壶茶等于吃两只角子，看狮子不外乎是看二十个铜板了。然而实际共和厅里的茶对于饮者的我，与狮子对于看者的我，趣味决不止这样简单。所以倘用估价钱的眼光来看事物，所见的世间就只有钱的一种东西，而更无别的意义，于是一切事物的意义就被减小了。"价钱"，就是使事物与钱发生关系。可知世间其他一切的"关系"，都是足以妨碍事物的本身的存在的真意义的。故我们倘要认识事物的本身的存在的真意义，就非撤去其对于世间的一切关系不可。

大娘舅一定能够常常不想起铜钱而白相大世界，所以能这样开心而赞美。然而他只是撤去"价钱"的一种关系而已。倘能常常不想起世间一切的关系而在这世界里做人，其一生一定更多欢慰。对于世间的麦浪，不要想起是面包的原料；对于盘中的橘子，不要想起是解渴的水果；对于路上的乞丐，不要想起是讨钱的穷人；对于目前的风景，不要想起是某镇某村的郊野。倘能有这种看法，其人在世间就像大娘舅白相大世界一样，能常常开心而赞美了。

我仿佛看见这世间有一个极大而极复杂的网，大大小小的一切事物，都被牢结在这网中，所以我想把握某一种事物的时候，总要牵动无数的线，带出无数的别的事物来，使得本物不能孤独地明晰地显现在我的眼前，因之永远不能看见世界的真相，大娘舅在大世界里，只将其与"钱"相结的一根线剪断，已能得到满足而归来。所以我想找一把快剪刀，把这个网尽行剪破，然后来认识这世界的真相。

艺术，宗教，就是我想找求来剪破这"世网"的剪刀吧！

丁卯〔1927〕年十月

天的文学

晚上九点半钟以后，孩子们都已熟睡，别人不会再来找我，便是我自己的时间了。

照例喝过一杯茶，用大学[①]眼药擦过眼睛，点起一支香烟，从书架上抽了一张星座图，悄悄地到门前的广场上去看星。

一支香烟是必要的。星座位置认不清楚的时候，可以把它当作灯，向图中探索一下。

看到北斗沉下去，只见斗柄的时候，我回到房间里，拿一册《天文学》来一翻。用铅笔在纸上试算：地球一匝为七万二千里，光每秒钟绕地球七匝，即每秒钟行五十万四千里；一小时有三千六百秒，一天有八万六千四百秒，一年有三万一千一百○四万[②]秒；光走一年的路长，为五十万四千乘三万一千一百○四万[③]里，即一"光年"之

---

① 大学是日本大阪参天堂药铺产销的一种眼药牌子。
② 计算有误。应为三千一百五十三万六千秒。
③ 计算有误。应为三千一百五十三万六千秒。

长。自地球到织女星的距离为十光年，到牵牛星的距离为十四光年，到大熊星的星云要一千万光年！……我算到这里，忽然头痛起来，手里的铅笔沉重得不能移动，没有再算下去的精神了。于是放下铅笔，抛弃纸头，倒在床里了。

我躺在床上，从枕上窥见窗外的星，如练的银河，"秋宵的女王"的织女，南王的热闹。啊，秋夜的盛装！我忘记了我的头痛了。我脑中浮出朝华的诗句来："织女明星来枕上，了知身不在人间。"立刻似乎身轻如羽，翱翔于星座之间了。

我俯视银河之波澜，访问织女的孤居，抚慰卡丽斯德神女的化身的大熊……"地球，再会！"我今晚要徜徉于银河之滨，牛女北斗之间了。

第二天早晨起来，我脑中历历地残留着昨夜的星界漫游的记忆；可是昨夜的头痛，也还保留着一些余味。

我想：几万万里，几千万年，算它做什么？天文本来是"天的文学"，谁教你们算的？

〔1927年〕

从孩子得到的启示

一

晚上喝了三杯老酒,不想看书,也不想睡觉,捉一个四岁的孩子华瞻来骑在膝上,同他寻开心。我随口问:

"你最喜欢什么事?"

他仰起头一想,率然地回答:

"逃难。"我倒有点奇怪:"逃难"两字的意义,在他不会懂得,为什么偏偏选择它?倘然懂得,更不应该喜欢了。我就设法探问他:

"你晓得逃难就是什么?""就是爸爸、妈妈、宝姐姐、软软……娘姨,大家坐汽车,去看大轮船。"

啊!原来他的"逃难"的观念是这样的!他所见的"逃难",是"逃难"的这一面!这真是最可喜欢的事!

一个月以前,上海还属孙传芳的时代,国民革命军将到上海的消息日紧一日,素不看报的我,这时候也定一份《时事新报》,每天早晨看一遍。有一天,我正在看昨天的旧报,等候今天的新报的时候,忽然上海方面枪炮声起了,大家惊惶失色,立刻约了邻人,扶老携幼地逃到附近的妇孺救济会里去躲避。其实倘然此地果真进了战线,或到了败兵,妇孺救济会也是不能救济的。不过当时张皇失措,有人提议这办法,大家就假定它为安全地带,逃了进去。那里面地方很大,有花园、假山、小川、亭台、曲栏、长廊、花树、白鸽,孩子们一进去,登临盘桓,快乐得如入新天地了。忽然兵车在墙外轰过,上海方面的机关枪声、炮声,愈响愈近,又愈密了。大家坐定之后,听听,想想,方才觉到这里也不是安全地带,当初不过是自骗罢了。有决断的人先出来雇汽车逃往租界。每走出一批人,留在里面的人增一次恐慌。我们结合邻人来商议,也决定出来雇汽车,逃到杨树浦的沪江大学。于是立刻把小孩子们从假山中、栏杆内捉出来,装进汽车里,飞奔杨树浦了。

所以决定逃到沪江大学者,因为一则有邻人与该校熟识,二则该校是外国人办的学校,较为安全可靠。枪炮声渐远渐弱,到听不见了的时候,我们的汽车已到沪江大学。他们安排一个房间给我们住,又为我们代办膳食。傍晚,我坐在校旁的黄浦江边的青草堤上,怅望云水遥忆故居的时候,许多小孩子采花、卧草,争看无数的帆船、轮船的驶行,又是快乐得如入新天地了。

次日,我同一邻人步行到故居来探听情形的时候,青天白日的旗子已经招展在晨风中，人人面有喜色，似乎从此可庆承平了。我们就雇汽车去迎回避难的眷属，重开我们的窗户，恢复我们的生活。从此"逃难"两字就变成家人的谈话的资料。

这是"逃难"。这是多么惊慌、紧张而忧患的一种经历！然而人物一无损丧，只是一次虚惊，过后回想，这日好似全家的人突发地出门游览两天。我想假如我是预言者，晓得这是虚惊，我在逃难的时候将何等有趣！素来难得全家出游的机会，素来少有坐汽车、游览、参观的机会。那一天不论时、不论钱，浪漫地、豪爽地、痛快地举行这游历，实在是人生难得的快事！只有小孩子真果感得这快味！他们逃难日来以后，常常拿香烟篓子来叠作栏杆、小桥、汽车、轮船、帆船，常常问我关于轮船、帆船的事，墙壁上及门上又常常有有色粉笔画的轮船、帆船、亭子、石桥的壁画出现。可见这"逃难"，在他们脑中有难忘的欢乐的印象。所以今晚无端地问华瞻最喜欢什么事，他立刻选定这"逃难"。原来他所见的，是"逃难"的这一面。

不止这一端：我们所打算，计较，争夺的洋钱，在他们看来个个是白银的浮雕的胸章，仆仆奔走的行人，血汗淋淋的劳动者，在他们看来个个是无目的地在游戏，在演剧，一切建设，一切现象，在他们看来都是大自然的点缀，装饰。

唉！我今晚受了这孩子的启示了：他能撤去世间事物的因果关系的网，看见事物的本身的真相。他是创造者，能赋给生命于一切的事物。他们是"艺术"的国土的主人。唉，我要从他学习！

二

两个小孩子，八岁的阿宝与六岁的软软，把圆凳子翻转，叫三岁的阿韦坐在里面。他们两人同他抬轿子。不知哪一个人失手，轿子翻倒了。阿韦在地板上撞了一个大响头，哭了起来。乳母连忙来抱起。两个轿夫站在旁边呆看。乳母问："是谁不好？"

阿宝说："软软不好。"

软软说："阿宝不好。"

阿宝又说："软软不好，我好！"

软软也说："阿宝不好，我好！"

阿宝哭了，说："我好！"

软软也哭了，说："我好！"

他们的话由"不好"转到了"好"。乳母已在喂乳，见他们哭了，就从旁调解：

"大家好，阿宝也好，软软也好，轿子不好！"

孩子听了，对翻倒在地上的轿子看看，各用手背揩揩自己的眼睛，走开了。

孩子真是愚蒙。直说"我好"，不知谦让。

所以大人要称他们为"童蒙"，"童昏"，要是大人，一定懂得谦让的方法：心中明明认为自己好而别人不好，口上只是隐隐地或转弯地表示，让众人看，让别人自悟。于是谦虚，聪明，贤慧等美名皆在我了。

讲到实在，大人也都是"我好"的。不过他们懂得谦让的一种方法，不像孩子地直说出来罢了。谦让方法之最巧者，是不但不直说自己好，反而故意说自己不好。明明在谆谆地陈理说义，劝谏君王，必称"臣虽下愚"。明明在自陈心得，辩论正义，或惩斥不良、训诫愚顽，表面上总自称"不佞"，"不慧"，或"愚"。习惯之后，"愚"之一字竟通用作第一身称的代名词，凡称"我"处，皆用"愚"。常见自持正义而赤裸裸地骂人的文字函牍中，也称正义的自己为"愚"，而称所骂的人为"仁兄"。这种矛盾，在形式上看来是滑稽的；在意义上想来是虚伪的，阴险的。"滑稽"，"虚伪"，"阴险"，比较大人评孩子的所谓"蒙"，"昏"，丑劣得多了。

对于"自己"，原是谁都重视的。自己的要"生"，要"好"，原是普遍的生命的共通的大欲。今阿宝与软软为阿韦抬轿子，翻倒了轿子，跌痛了阿韦，是谁好谁不好，姑且不论，其表示自己要"好"的手段，是彻底地诚实，纯洁而不虚饰的。

我一向以小孩子为"昏蒙"。今天看了这件事，恍然悟到我们自己的昏蒙了。推想起来，他们常是诚实的，"称心而言"的，而我们呢，难得有一日不犯"言不由衷"的恶德！

唉！我们本来也是同他们那样的，谁造成我们这样呢？

一九二六年作

东京某晚的事

我在东京曾经遇到一件小事,然而这事常常给我有兴味的回忆,又使我憧憬。

有一个夏夜,初黄昏时分,我们同住在一个"下宿"①里的四五个中国人相约到神保町去散步。东京的夏夜很凉快。大家带着愉快的心情出门,穿和服的几个人更是风袂飘飘,徜徉徘徊,态度十分安闲。

一面闲谈,一面踱步,踱到了十字路口的时候,忽然横路里转出一个伛偻的老太婆来。她两手搬着一块大东西,大概是铺在地上的席子,或者是纸窗的架子吧,鞠躬似的转出大路来。她和我们同走一条大路,因为走得慢,跟在我们后面。

我走在最先。忽然听得后面起了一种与我们的闲谈调子不同的日本语声音,意思却听不清楚。我回头看时,原来是老太婆在向我们队里的最后的某君讲什么话。我只看见某君对那老太婆一看,立刻回转

---

① 下宿,日文,意即旅馆。

头来，露出一颗闪亮的金牙齿，一面摇头，一面笑着说：

"Iyada，iyada！"（不高兴，不高兴！）

似乎趋避后面的什么东西，大家向前挤挨一阵，走在最先的我被他们一推，跨了几脚紧步。不久，似乎已经到了安全地带，大家稍稍回复原来的速度的时候，我方才询问刚才所发生的事情。

原来这老太婆对某君说话，是因为她搬那块大东西搬得很缺力，想我们中间哪一个帮她搬一会，她的话是：

"你们哪一位替我搬一搬，好否？"

某君大概是因为带了轻松愉快的心情出来散步，实在不愿意替她搬运重物，所以回报她两个"不高兴"。然而说过之后，在她近旁徜徉，看她吃苦，心里大概又觉得过意不去，所以趋避似的快跑几步，务使吃苦的人不在自己眼睛面前。我问事由的时候，我们已经离开那老太婆十来丈路，颜面已经看不清楚，声音也已听不到了。然而大家的脚步还是有些紧，不像初出门时那么从容安闲。虽然不说话，但各人一致的脚步，分明表示大家都懂得这一点。

我每回想起这事，总觉得非常有兴味。我从来不曾受过素不相识的路人的这样唐突的要求。那老太婆的语气，似乎应该用在家庭里或学校里，决不是在路上可以听到的。这是关系深而亲切的小团体之下的人们说话的语气，不适用于"社会"或"世界"的大团体之下的所谓"陌路人"之间。这老太婆误把陌路当作家庭了。

这老太婆原是悖事的，唐突的。然而我却在想象：假如真能像这

17

老太婆所希望，有这样的一个世界：天下如一家，人们如家族，互相爱，互相助，共乐其生活，那时陌路都变成家人，像某晚这老太婆的态度，并不唐突了。这是多么可憧憬的世界！

大账簿

我幼年时,有一次坐了船到乡间去扫墓。正靠在船窗口出神地观看船脚边的层出不穷的波浪的时候,手中所持的不倒翁失足翻落河中。我眼看它跃入波浪中,向船尾方面滚腾而去,一刹那间形影俱杳,全部交付与不可知的渺茫的世界了。我看看自己的空手,又看看窗下的层出不穷的波浪,不倒翁失足的伤心地,再向船后面的茫茫白水怅望了一会,心中黯然地起了疑惑与悲哀。我疑惑不倒翁此去的下落与结果究竟如何,又悲哀这永远不可知的命运。它也许随了波浪流去,搁住在岸滩上,落入于某村童的手中;也许被鱼网打去,从此做了渔船上的不倒翁;又或永远沉沦在幽暗的河底,岁久化为泥土,世间从此不再见这个不倒翁。我晓得这不倒翁现在一定有个下落,将来也一定有个结果,然而谁能去调查呢?谁能知道这不可知的命运呢?这种疑惑与悲哀隐约地在我心头推移。终于我想:父亲或者知道这究竟,能解除我这种疑惑与悲哀。不然,将来我年纪长大起来,总有一天能知道这究竟,能解除这疑惑与悲哀。

后来我的年纪果然长大起来。然而这种疑惑与悲哀，非但依旧不能解除，反而随了年纪的长大而增多增深了。我借了小学校里的同学赴郊外散步，偶然折取一根树枝，当手杖用了一会，后来抛弃在田间的时候，总要对它回顾好几次，心中自问自答："我不知几时得再见它？它此后的结果不知究竟如何？我永远不得再见它了！它的后事永远不可知了！"倘是独自散步，遇到这种事的时候我更要依依不舍地留连一会。有时已经走了几步，又回转身去，把所抛弃的东西重新拾起来，郑重地道个诀别，然后硬着头皮抛弃它，再向前走。过后我也曾自笑这痴态，而且明明晓得这些是人生中惜不胜惜的琐事；然而那种悲哀与疑惑确实地充塞在我的心头，使我不得不然！

在热闹的地方，忙碌的时候，我这种疑惑与悲哀也会被压抑在心的底层，而安然地支配取舍各种事物，不复作如前的痴态。间或在动作中偶然浮起一点疑惑与悲哀来；然而大众的感化与现实的压迫的力非常伟大，立刻把它压制下去，它只在我的心头一闪而已。一到静僻的地方，孤独的时候，最是夜间，它们又全部浮出在我的心头了。灯下，我推开算术演草簿，提起笔来在一张废纸上信手涂写日间所谙诵的诗句："春蚕到死丝方尽，蜡炬成灰……"没有写完，就拿向灯火上，烧着了纸的一角。我眼看见火势孜孜地蔓延过来，心中又忙着和个个字道别。完全变成了灰烬之后，我眼前忽然分明现出那张字纸的完全的原形；俯视地上的灰烬，又感到了暗淡的悲哀：假定现在我要再见一见一分钟以前分明存在的那张字纸，无论托绅董、县官、省长、大总统，仗世界一切皇帝的势力，或尧舜、孔子、苏格拉底、基督等一切古代圣哲复生，大家协力帮我设法，也是绝对不可能的事了！——但这种奢望我决计没有。我只是看看那堆灰烬，想在没有区别的微尘中认识各个字的死骸，找出哪一点是春字的灰，哪一点是蚕字的灰。……又想象它明天朝晨被此地的仆人扫除出去，不知结果如何：倘然散入风中，不知它将分飞何处？春字的灰飞入谁家，蚕字的灰飞入谁家？……倘然混入泥土中，不知它将滋养哪几株植物？……都是渺茫不可知的千古的大疑问了。

吃饭的时候，一颗饭粒从碗中翻落在我的衣襟上。我顾视这颗饭粒，不想则已，一想又惹起一大篇的疑惑与悲哀来：不知哪一天哪一个农夫在哪一处田里种下一批稻，就中有一株稻穗上结着煮成这颗饭粒的谷。这粒谷又不知经过了谁的刈、谁的磨、谁的舂、谁的粜，而到了我们的家里，现在煮成饭粒，而落在我的衣襟上。这种疑问都可以有确实的答案；然而除了这颗饭粒自己晓得以外，世间没有一个人能调查，回答。

袋里摸出来一把铜板，分明个个有复杂而悠长的历史。钞票与银洋经过人手，有时还被打一个印；但铜板的经历完全没有痕迹可寻。它们之中，有的曾为街头的乞丐的哀怨的目的物，有的曾为劳动者的血汗的代价，有的曾经换得一碗粥，救济一个饿夫的饥肠，有的曾经变成一粒糖，塞住一个小孩的啼哭，有的曾经参与在盗贼的赃物中，有的曾经安眠在富翁的大腹边，有的曾经安闲地隐居在茅厕的底里，有的曾经忙碌地兼备上述的一切的经历。且就中又有的恐怕不是初次到我的袋中，也未可知。这些铜板倘会说话，我一定要尊它们为上客恭听它们历述其漫游的故事。倘然它们会纪录，一定每个铜板可著一册比《鲁滨逊漂流记》更奇离的奇书。但它们都像死也不肯招供的犯人，其心中分明秘藏着案件的是非曲直的实情，然而死也不肯泄漏它们的秘密。

现在我已行年三十，做了半世的人，那种疑惑与悲哀在我胸中，分量日渐增多；但刺激日渐淡薄，远不及少年时代以前的新鲜而浓烈了。这是我用功的结果。因为我参考大众的态度，看他们似乎全然不想起这类的事，饭吃在肚里，钱进入袋里，就天下太平，梦也不做一个。这在生活上的确大有实益，我就拼命以大众为师，学习他们的幸福。学到现在三十岁，还没有毕业。所学得的，只是那种疑惑与悲哀的刺激淡薄了一点，然其分量仍是跟了我的经历而日渐增多。我每逢辞去一个旅馆，无论其房间何等坏，臭虫何等多，临去的时候总要低徊一下子，想起"我有否再住这房间的一日？"又慨叹"这是永远的诀别了！"每逢下火车，无论这旅行何等劳苦，邻座的人何等可厌，临走的时候总要发生一种特殊的感想："我有否再和这人同座的一日？恐怕是对他永诀了！"但这等感想的出现非常短促而又模糊，像飞鸟的黑影在池上掠过一般，真不过数秒间在我心头一闪，过后就全无其事。我究竟已有了学习的工夫了。然而这也全靠在老师——大众——面前，方始可能。一旦不见了老师，而离群索居的时候，我的故态依然复萌。现在正是其时：春风从窗中送进一片白桃花的花瓣来，落在我的原稿纸上。这分明是从我家的院子里的白桃花树上吹下来的，然而有谁知道它本来生在哪一枝头的哪一朵花上呢？窗前地上白雪一般的无数的花瓣，分明各有其故枝与故萼，谁能一一调查其出处，使它们重归其故萼呢？疑惑与悲哀又来袭击我的心了。

总之，我从幼时直到现在，那种疑惑与悲哀不绝地袭击我的心，始终不能解除。我的年纪越大，知识越富，它的袭击的力也越大。大众的榜样的压迫越严，它的反动也越强。倘一一记述我三十年来所经验的此种疑惑与悲哀的事例，其卷帙一定可同《四库全书》《大藏经》争多。然而也只限于我一个人在三十年的短时间中的经验；较之宇宙之大，世界之广，物类之繁，事变之多，我所经验的真不啻恒河中的一粒细沙。

我仿佛看见一册极大的大账簿，簿中详细记载着宇宙间世界上一切物类事变的过去、现在、未来三世的因因果果。自原子之细以至天体之巨，自微生虫的行动以至混沌的大劫，无不详细记载其来由、经过与结果，没有万一的遗漏。于是我从来的疑惑与悲哀，都可解除了。不倒翁的下落，手杖的结果，灰烬的去处，一一都有记录；饭粒与铜板的来历，一一都可查究；旅馆与火车对我的因缘，早已注定在项下；片片白桃花瓣的故萼，都确凿可考。连我所屡次叹为永不可知的、院子里的沙堆的沙粒的数目，也确实地记载着，下面又注明哪几粒沙是我昨天曾经用手掬起来看过的。倘要从沙堆中选出我昨天曾经掬起来看过的沙,也不难按这账簿而探索。——凡我在三十年中所见、所闻、所为的一切事物,都有极详细的记载与考证;其所占的地位只有书页的一角,全书的无穷大分之一。

我确信宇宙间一定有这册大账簿。于是我的疑惑与悲哀全都解除了。

一九二九年清明过了写于石湾

秋

　　我的年岁上冠用了"三十"二字，至今已两年了。不解达观的我，从这两个字上受到了不少的暗示与影响。虽然明明觉得自己的体格与精力比二十九岁时全然没有什么差异，但"三十"这一个观念笼在头上，犹之张了一顶阳伞，使我的全身蒙了一个暗淡色的阴影，又仿佛在日历上撕过了立秋的一页以后，虽然太阳的炎威依然没有减却，寒暑表上的热度依然没有降低，然而只当得余威与残暑，或霜降木落的先驱，大地的节候已从今移交于秋了。

　　实际，我两年来的心情与秋最容易调和而融合。这情形与从前不同。在往年，我只慕春天。我最欢喜杨柳与燕子。尤其欢喜初染鹅黄的嫩柳。我曾经名自己的寓居为"小杨柳屋"，曾经画了许多杨柳燕子的画，又曾经摘取秀长的柳叶，在厚纸上裱成各种风调的眉，想象这等眉的所有者的颜貌，而在其下面添描出眼鼻与口。那时候我每逢早春时节，正月二月之交，看见杨柳枝的线条上挂了细珠，带了隐隐的青色而"遥看近却无"的时候，我心中便充满了一种狂喜，这狂喜又立刻变成焦虑，似乎常常在说："春来了！不要放过！赶快设法招待它，享乐它，永远留住它。"我读了"良辰美景奈何天"等句，曾经真心地感动。以为古人都太息一春的虚度，前车可鉴！到我手里决不放它空过了。最是逢到了古人惋惜最深的寒食清明，我心中的焦灼便更甚。那一天我总想有一种足以充分酬偿这佳节的举行。我准拟作诗，作画，或痛饮，漫游。虽然大多不被实行；或实行而全无效果，反而中了酒，闹了事，换得了不快的回忆；但我总不灰心，总觉得春的可恋。我心中似乎只有知道春，别的三季在我都当作春的预备，或待春的休息时间，全然不曾注意到它们的存在与意义。而对于秋，尤无感觉：因为夏连续在春的后面，在我可当作春的过剩；冬先行在春的前面，在我可当作春的准备；独有与春全无关联的秋，在我心中一向没有它的位置。

自从我的年龄告了立秋以后，两年来的心境完全转了一个方向，也变成秋天了。然而情形与前不同：并不是在秋日感到像昔日的狂喜与焦灼。我只觉得一到秋天，自己的心境便十分调和。非但没有那种狂喜与焦灼，且常常被秋风秋雨秋色秋光所吸引而融化在秋中，暂时失却了自己的所在。而对于春，又并非像昔日对于秋的无感觉。我现在对于春非常厌恶。每当万象回春的时候，看到群花的斗艳，蜂蝶的扰攘，以及草木昆虫等到处争先恐后地滋生蕃殖的状态，我觉得天地间的凡庸，贪婪，无耻，与愚痴，无过于此了！尤其是在青春的时候，看到柳条上挂了隐隐的绿珠，桃枝上着了点点的红斑，最使我觉得可笑又可怜。我想唤醒一个花蕊来对它说："啊！你也来反复这老调了！我眼看见你的无数的祖先，个个同你一样地出世，个个努力发展，争荣竞秀；不久没有一个不憔悴而化泥尘。你何苦也来反复这老调呢？如今你已长了这孽根，将来看你弄娇弄艳，装笑装颦，招致了蹂躏，摧残，攀折之苦，而步你的祖先们的后尘！"

实际，迎送了三十几次的春来春去的人，对于花事早已看得厌倦，感觉已经麻木，热情已经冷却，决不会再像初见世面的青年少女地为花的幻姿所诱惑而赞之，叹之，怜之，惜之了。况且天地万物，没有一件逃得出荣枯，盛衰，生灭，有无之理。过去的历史昭然地证明着这一点，无须我们再说。古来无数的诗人千篇一律地为伤春惜花费词，这种效颦也觉得可厌。假如要我对于世间的生荣死灭费一点词，我觉得生荣不足道，而宁愿欢喜赞叹一切的死灭。对于前者的贪婪，愚昧，与怯弱，后者的态度何等谦逊，悟达，而伟大！我对于春与秋的舍取，也是为了这一点。

夏目漱石三十岁的时候，曾经这样说："人生二十而知有生的利益；二十五而知有明之处必有暗；至于三十的今日，更知明多之处暗亦多，欢浓之时愁亦重。"我现在对于这话也深抱同感；有时又觉得三十的特征不止这一端，其更特殊的是对于死的体感。青年们恋爱不遂的时候惯说生生死死，然而这不过是知有"死"的一回事而已，不是体感。犹之在饮冰挥扇的夏日，不能体感到围炉拥衾的冬夜的滋味。就是我们阅历了三十几度寒暑的人，在前几天的炎阳之下也无论如何感不到浴日的滋味。围炉，拥衾，浴日等事，在夏天的人的心中只是一种空虚的知识，不过晓得将来须有这些事而已，但是不能体感它们的滋味。须得入了秋天，炎阳逞尽了威势而渐渐退却，汗水浸胖了的肌肤渐渐收缩，身穿单衣似乎要打寒噤，而手触法郎绒觉得快适的时候，于是围炉，拥衾，浴日等知识方能渐渐融入体验界中而化为体感。我的年龄告了立秋以后，心境中所起的最特殊的状态便是这对于"死"的体感。以前我的思虑真疏浅！以为春可以常在人间，人可以永在青年，竟完全没有想到死。又以为人生的意义只在于生，而我的一生最有意义，似乎我是不会死的。直到现在，仗了秋的慈光的鉴照，死的灵气钟育，才知道生的甘苦悲欢，是天地间反复过亿万次的老调，又何足珍惜？我但求此生的平安的度送与脱出而已。犹之罹了疯狂的人，病中的颠倒迷离何足计较？但求其去病而已。

我正要搁笔，忽然西窗外黑云弥漫，天际闪出一道电光，发出隐隐的雷声，骤然洒下一阵夹着冰雹的秋雨。啊！原来立秋过得不多天，秋心稚嫩而未曾老练，不免还有这种不调和的现象，可怕哉！

一九二九年秋日

梦耶真耶[1]

我小时候对于梦的看法,和中年后对于梦的看法大不相同,甚至相反。

很小的时候,大约五六岁以前,好像是不做梦的,或者是做了就忘记的。那时候还不知人事,完全任天而动。饥则啼,饱则喜,乐则笑,倦则睡。白天没有什么妄想,夜里也不做什么梦;就是做梦,也同饥饱啼笑一样地过后即忘。七八岁以后,我初入私塾读书,方才明白知道人生有做梦的一件事体。但常把真和梦混在一起,辨不清楚。有时做梦先生放假,醒来的时候便觉欢喜。有时做梦跟邻家的小朋友去捉蟋蟀,次日就去问他讨蟋蟀来看。这大概是因为儿时对于自己的生活全然没有主张或计划,跟了时地的变化和大人的指使而随波逐流地过去,与做梦没有什么分别的原故。

入了少年时代,我便知道梦是假的,与真的生活判然不同。但对于做梦这一件事,常常觉得奇怪而神秘。怎么独自睡在床里会同隔离

---

[1] 本篇曾载于1933年1月1日《东方杂志》第30卷第1号。

的朋友见面，说话，游戏，又跑到很远的地方去呢？虽然事实已证明其为假，但我心中还想不通这个道理。做了青年，学了科学，我才知道这是心理现象的一种，是完全不足凭的假象。我听见有人骂一个乞丐说："你想发财，做梦！"又听见母亲念的《心经》中有一句叫作"远离颠倒梦想"，更知世人对于梦的看法：做梦是假的，荒唐而不合情理的。所以乞丐想做官发财类于做梦。所以修行的人要远离颠倒梦想。真的事实和梦正反对，是真的，切实而合乎情理的。

我在三十岁以前，对于"真"和"梦"两境一直作这样的看法。过了三十岁，到了三十五岁的今日，——《东方杂志》向我征稿的今日，——我在心中拿起真和梦两件事来仔细辨认一下，发见其与从前的看法大不相同，几成正反对。从前我同世人一样地确信"真"为真的，"梦"为假的，真伪的界限判然。现在这界限模糊起来，使我不辨两境孰真孰假，亦不知此生梦耶真耶。从前我确信"真"为如实而合乎情理，"梦"为荒唐而不合情理。现在适得其反：我觉得梦中常有切实而合乎情理的现象。而现世家庭，社会，国家，国际的事，大都荒唐而不合理。我深感做人不及做梦的快适。从前我读到陆放翁的诗：

　　苦爱幽窗午梦长，
　　此中与世暂相忘。
　　华山处士如容见，
　　不觅仙方觅睡方。

曾经笑他与世"暂"相忘,何足"苦爱"?但现在我苦爱他这首诗,觉得午梦不够,要作长夜之梦才好。假如觅得到睡方,我极愿重量地吞服一剂,从此优游于梦境中,永远不到真的世间来了。

怎见得两境真假的界限模糊呢?我以为"真"的真与"梦"的假,都不是绝对的,都是互相比较而说的。一则"梦"的历时比"真"的历时短些,人们就指"梦"为假。二则"真"的幻灭(就是死)比"梦"的幻灭(就是醒)不易看见,人们就视"真"为真。三则梦中的状况比他世的状况变幻不测些,人们就说做梦是假的。四则世间的事过后都可拿出实物来作凭据,梦中的事过后成空,拿不出确实的凭据来,人们就认世间为真的。其实,这所谓真假全不是绝对的性质,皆由比较而来,其理由如下:(一)梦与真的历时长短,拿音乐来比方,不过像三十二分音符对全音符,久暂虽异,但同在"时间"的旋律中消失过去,岂有永远不休止的音符?(二)每天朝晨醒觉时看见"梦"的幻灭,但每人临终时也要看见"真"的幻灭,不过前者经验的次数多些,后者每人只经验一次罢了。(三)讲到状况的变幻不测,人世的运命岂有常态可测?语云:"今日不知明日事,上床忽别下床鞋。"人世的变幻不测与梦境有何两样?就最近的时事看:内乱的起伏,党派的纠纷,都非我民意料所及;"一·二八"淞沪战事的突发,上海的灾民谁也说是"梦想不到的"。我战后来到上海,有好几次看见了闸北的一大片焦土而认真地疑心自己是在做梦呢。(四)"世间的事过后都可拿出实物来作凭据,梦中的事过后成空，拿不出确实的证据来。"这话只能在世间说，你的百年大梦醒觉以后，再向哪里去拿实物来证明世间的事的真实呢？到了大梦一觉的时候，恐怕你要说"世间的事过后成空，拿不出确实的证据来"了。反之，若在梦中说话，也可以说"梦中的事过后都可拿出（梦中的）实物来作凭据"的。我们在世间认真地做人，在梦中也认真做梦。做了拾钞票的梦会笑醒来，做了遇绑匪的梦会吓出一身大汗。我曾做过写原稿的梦，觉得在梦中为梦中的读者写稿同在现世为《东方杂志》的读者写稿一样地辛苦，醒后感到头痛。当时想想真是何苦！早知是假，悔不草率了事。但我现在并不懊悔，因为我确信梦中也有梦中的"世间法"，应该和在现世一样地恪守。不然，我在梦中就要梦魂不安。可知人在梦中都是把梦当作现世一样看待的。反过来也说得通：人在现世常把现世当作梦一样看待，所以有"浮生若梦"的老话。读到"六朝如梦鸟空啼""十年一觉扬州梦"等句，回想自己所遭逢的衰荣兴废，离合悲欢，真觉得同做梦一样！凡人的"生涯原是梦"，岂独"神女"而已哉。

　　这样说来，梦和真两境，可说都是真的，也可说都是假的，没有绝对真假的区别。所以我不辨两者孰真孰假，亦不知此生梦耶真耶。

　　怎见得梦中常有切实而合乎情理的现象，而现世的事反多荒唐不合情理呢？这道理是显明的。古人云："昼有所思，夜梦其事。"昼之所思，是我的希望，我的理想，故夜梦大都是与我的生活切实相关而合乎情理的。现世的事便不然，自家庭，社会，以至国家，满目是

梦耶真耶

荒唐而不合情理的现象。人的希望与理想往往在现世一时不能做到，而先在梦中实行。"黄帝昼寝而梦游于华胥氏之国。""后二十有八年，天下大治，几若华胥氏之国。"孔子在乱臣贼子的春秋时代"梦见周公"。自来去国怀乡，以及男女相恋的人，都在梦中圆满其欲望而实行其合理的生活。"梦里不知身是客，一晌贪欢。""故园此去十余里，春梦犹能夜夜归。""重门不锁相思梦，随意绕天涯。"这种梦何等痛快！"打起黄莺儿，莫教枝头啼。啼时惊妾梦，不得到辽西。"这思妇分明是有意耽乐于梦的生活，而在那里"寻梦"了。

同是虚幻，何必细论其切实与荒唐，合情理与不合情理，快适与不快适？总之，我中年以来对于真和梦，不辨孰真孰假，因而不知我生梦耶真耶。我不能忘记《齐物论》中的话："不知周之梦为蝴蝶与？蝴蝶之梦为周与？"又常常想起晏几道的词：

　　从别后，忆相逢，几回魂梦与君同。今宵剩把银釭照，犹恐相逢是梦中。

可惜这银釭有些靠不住，怎知他不是梦中的银釭呢？安得宇宙间有个标准的银釭，让我照一照人生的真相看？

廿一〔1932〕年十二月五日

两个"?"

我从幼小时候就隐约地看见两个"?"。但我到了三十岁上方才明确地看见它们。现在我把看见的情况写些出来。

第一个"?"叫做"空间"。我孩提时跟着我的父母住在故乡石门湾的一间老屋里,以为老屋是一个独立的天地。老屋的壁的外面是什么东西,我全不想起。有一天,邻家的孩子从壁缝间塞进一根鸡毛来,我吓了一跳;同时,悟到了屋的构造,知道屋的外面还有屋,空间的观念渐渐明白了。我稍长,店里的伙计抱了我步行到离家二十里的石门城[①]里的姑母家去,我在路上看见屋宇毗连,想象这些屋与屋之间都有壁,壁间都可塞过鸡毛。经过了很长的桑地和田野之后,进城来又是毗连的屋宇,地方似乎是没有穷尽的。从前我把老屋的壁当作天地的尽头,现在知道不然。我指着城外问大人们:"再过去还有地方吗?"大人们回答我说:"有嘉兴、苏州、上海;有高山,有大

[①] 石门城,原名崇德县,一度改为石门县。1958年并入桐乡县,改名崇福镇。后来桐乡改为县级市,石门镇和崇福镇归属桐乡市。

海,还有外国。你大起来都可去玩。"一个粗大的"?"隐约地出现在我的眼前。回家以后,早晨醒来,躺在床上驰想:床的里面是帐,除去了帐是壁,除去了壁是邻家的屋,除去了邻家的屋又是屋,除完了屋是空地,空地完了又是城市的屋,或者是山是海,除去了山,渡过了海,一定还有地方……空间到什么地方为止呢?我把这疑问质问大姐。大姐回答我说:"到天边上为止。"她说天像一只极大的碗覆在地面上。天边上是地的尽头,这话我当时还听得懂;但天边的外面又是什么地方呢?大姐说:"不可知了。"很大的"?"又出现在我的眼前,但须臾就隐去。我且吃我的糖果,玩我的游戏吧。

我进了小学校,先生教给我地球的知识。从前的疑问到这时候豁地解决了。原来地是一个球。那么,我躺在床上一直向里床方面驰想过去,结果是绕了地球一匝而仍旧回到我的床前。这是何等新奇而痛快的解决!我回家来欣然地把这新闻告诉大姐。大姐说:"球的外面是什么呢?"我说:"是空。""空到什么地方为止呢?"我茫然了。我再到学校去问先生,先生说:"不可知了。"很大的"?"又出现在我的眼前,但也不久就隐去。我且读我的英文,做我的算术吧。

我进师范学校,先生教我天文。我怀着热烈的兴味而听讲,希望对小学时代的疑问,再得一个新奇而痛快的解决。但终于失望。先生说:"天文书上所说的只是人力所能发见的星球。"又说:"宇宙是无穷大的。"无穷大的状态,我不能想象。我仍是常常驰想,这回我不再躺在床上向横方驰想，而是仰首向天上驰想；向这苍苍者中一直上去，有没有止境？有的么，其处的状态如何？没有的么，使我不能想象。我眼前的"？"比前愈加粗大，愈加迫近，夜深人静的时候，我屡屡为了它而失眠。我心中愤慨地想：我身所处的空间的状态都不明白，我不能安心做人！世人对于这个切身而重大的问题，为什么都不说起？以后我遇见人，就向他们提出这疑问。他们或者说不可知，或一笑置之，而谈别的世事了。我愤慨地反抗："朋友，这个问题比你所谈的世事重大得多，切身得多！你为什么不理？"听到这话的人都笑了。他们的笑声中似乎在说："你有神经病了。"我不好再问，只得让那粗大的"？"照旧挂在我的眼前。

第二个"？"叫做"时间"。我孩提时关于时间只有昼夜的观念。月、季、年、世等观念是没有的。我只知道天一明一暗，人一起一睡，叫做一天。我的生活全部沉浸在"时间"的急流中，跟了它流下去，没有抬起头来望望这急流的前后的光景的能力。有一次新年里，大人们问我几岁，我说六岁。母亲教我："你还说六岁？今年你是七岁了，已经过了年了。"我记得这样的事以前似曾有过一次。母亲教我说六岁时也是这样教的。但相隔久远，记忆模糊不清了。我方才知道这样时间的间隔叫做一年，人活过一年增加一岁。那时我正在父亲的私塾里读完《千字文》，有一晚，我到我们的染坊店里去玩，看见账桌上放着一册账簿，簿面上写着"菜字元集"这四字。我问管账先生，这是什么意思？他回答我说："这是用你所读的《千字文》

上的字来记年代的。这店是你们祖父手里开张的。开张的那一年所用的第一册账簿，叫做'天字元集'，第二年的叫做'地字元集'，天地玄黄，宇宙洪荒……每年用一个字。用到今年正是'菜重芥姜'的'菜'字。"因为这事与我所读的书有关连，我听了很有兴味。他笑着摸摸他的白胡须，继续说道："明年'重'字，后年'芥'字，我们一直开下去，开到'焉哉乎也'的'也'字，大家发财！"我口快地接着说："那时你已经死了！我也死了！"他用手掩住我的口道："话勿得！话勿得！大家长生不老！大家发财！"我被他弄得莫名其妙，不敢再说下去了。但从这时候起，我不复全身沉浸在"时间"的急流中跟它飘流。我开始在这急流中抬起头来，回顾后面，眺望前面，想看看"时间"这东西的状态。我想，我们这店即使依照《千字文》开了一千年，但"天"字以前和"也"字以后，一定还有年代。那么，时间从何时开始，何时了结呢？又是一个粗大的"？"隐约地出现在我的眼前。我问父亲："祖父的父亲是谁？"父亲道："曾祖。""曾祖的父亲是谁？""高祖。""高祖的父亲是谁？"父亲看见我有些像孟尝君，笑着抚我的头，说："你要知道他做什么？人都有父亲，不过年代太远的祖宗，我们不能一一知道他的人了。"我不敢再问，但在心中思维"人都有父亲"这句话，觉得与空间的"无穷大"同样不可想象。很大的"？"又出现在我的眼前。

我入小学校，历史先生教我盘古氏开天辟地的事。我心中想：天地没有开辟的时候状态如何？盘古氏的父亲是谁？他的父亲的父亲的父亲……又是谁？同学中没有一个提出这样的疑问，我也不敢质问先生。我入师范学校，才知道盘古氏开天辟地是一种靠不住的神话。又知道西洋有达尔文的"进化论"，人类的远祖就是做戏法的人所畜的猴子。而且猴子还有它的远祖。从我们向过去逐步追溯上去，可一直追溯到生物的起源，地球的诞生，太阳的诞生，宇宙的诞生。再从我们向未来推想下去，可一直推想到人类的末日，生物的绝种，地球的毁坏，太阳的冷却，宇宙的寂灭。但宇宙诞生以前，和寂灭以后，"时间"这东西难道没有了吗？"没有时间"的状态，比"无穷大"的状态愈加使我不能想象。而时间的性状实比空间的性状愈加难于认识。我在自己的呼吸中窥探时间的流动痕迹，一个个的呼吸鱼贯的翻进"过去"的深渊中，无论如何不可挽留。我害怕起来，屏住了呼吸，但自鸣钟仍在"的格，的格"地告诉我时间的经过。一个个的"的格"鱼贯地翻进过去的深渊中，仍是无论如何不可挽留的。时间究竟怎样开始？将怎样告终？我眼前的"？"比前愈加粗大，愈加迫近了。夜深人静的时候，我屡屡为它失眠，我心中愤慨地想：我的生命是跟了时间走的。"时间"的状态都不明白，我不能安心做人！世人对于这个切身而重大的问题，为什么都不说起？以后我遇见人，就向他们提出这个问题。他们或者说不可知，或者一笑置之，而谈别的世事了。我愤慨地反抗："朋友！我这个问题比你所谈的世事重大得多，切身得多！你为什么不理？"听到这话的人都笑了。他们的笑声中似乎在说："你有神经病了！"我不再问，只能让那粗大的"？"

两个"?"

照旧挂在我的眼前,直到它引导我入佛教的时候。

廿二〔1933〕年二月廿四日

吃瓜子

从前听人说：中国人人人具有三种博士的资格：拿筷子博士、吹煤头纸博士、吃瓜子博士。

拿筷子，吹煤头纸，吃瓜子，的确是中国人独得的技术。其纯熟深造，想起了可以使人吃惊。这里精通拿筷子法的人，有了一双筷，可抵刀锯叉瓢一切器具之用，爬罗剔抉，无所不精。这两根毛竹仿佛是身体上的一部分，手指的延长，或者一对取食的触手。用时好像变戏法者的一种演技，熟能生巧，巧极通神。不必说西洋了，就是我们自己看了，也可惊叹。至于精通吹煤头纸法的人，首推几位一天到晚捧水烟筒的老先生和老太太。他们的"要有火"比上帝还容易，只消向煤头纸上轻轻一吹，火便来了。他们不必出数元乃至数十元的代价去买打火机，只要有一张纸，便可临时在膝上卷起煤头纸来，向铜火炉盖的小孔内一插，拔出来一吹，火便来了。我小时候看见我们染坊店里的管账先生，有种种吹煤头纸的特技。我把煤头纸高举在他的额旁边了，他会把下唇伸出来，使风向上吹；我把煤头纸放在他的胸前了，他会把上唇伸出来，使风向下吹；我把煤头纸放在他的耳旁了，他会把嘴歪转来，使风向左右吹；我用手按住了他的嘴，他会用鼻孔吹，都是吹一两下就着火的。中国人对于吹煤头纸技术造诣之深，于此可以窥见。所可惜者，自从卷烟和火柴输入中国而盛行之后，水烟这种"国烟"竟被冷落，吹煤头纸这种"国技"也很不发达了。生长在都会里的小孩子，有的竟不会吹，或者连煤头纸这东西也不曾见过。在努力保存国粹的人看来，这也是一种可虑的现象。近来国内有不少人努力于国粹保存。国医、国药、国术、国乐，都有人在那里提倡。也许水烟和煤头纸这种国粹，将来也有人起来提倡，使之复兴。

但我以为这三种技术中最进步最发达的，要算吃瓜子。近来瓜子大王的畅销，便是其老大的证据。据关心此事的人说，瓜子大王一类的装纸袋的瓜子，最近市上流行的有许多牌子。最初是某大药房"用科学方法"创制的，后来有什么"好吃来公司"、"顶好吃公司"……种种出品陆续产出。到现在差不多无论哪个穷乡僻处的糖食摊上，都有纸袋装的瓜子陈列而倾销着了。现代中国人的精通吃瓜子术，由此盖可想见。我对于此道，一向非常短拙，说出来有伤于中国人的体面，但对自家人不妨谈谈。我从来不曾自动地找求或买瓜子来吃。但到人家作客，受人劝诱时；或者在酒席上、杭州的茶楼上，看见桌上现成放着瓜子盆时，也便拿起来咬。我必须注意选择，选那较大、较厚、而形状平整的瓜子，放进口里，用臼齿"格"地一咬，再吐出来，用手指去剥。幸而咬得恰好，两瓣瓜子壳各向两旁扩张而破裂，瓜仁没有咬碎，剥起来就较为省力。若用力不得其法，两瓣瓜子壳和瓜仁叠在一起而折断了，吐出来的时候我就担忧。那瓜子已纵断为两半，两半瓣的瓜仁紧紧地装塞在两半瓣的瓜子壳中，好像日本版的洋装书，套在很紧的厚纸函中，不容易取它出来。这种洋装书的取出法，现在都已从日本人那里学得，不要把指头塞进厚纸函中去力挖，只要使函口向下，两手扶着函，上下振动数次，洋装书自会脱壳而出。然而半瓣瓜子的形状太小了，不能应用这个方法，我只得用指爪细细地剥取。有时因为练习弹琴，两手的指爪都剪平，和尚头一般的手指对它简直毫无办法。我只得乘人不见把它抛弃了。在痛感困难的时候，我本拟不再吃瓜子了。但抛弃了之后，觉得口中有一种非甜非咸的香味，会引逗我再吃。我便不由地伸起手来，另选一粒，再送交臼齿去咬。不幸而这瓜子太燥，我的用力又太猛，"格"地一响，玉石不分，咬成了无数的碎块，事体就更糟了。我只得把粘着唾液的碎块尽行吐出在手心里，用心挑选，剔去壳的碎块，然后用舌尖舔食瓜仁的碎块。然而这挑选颇不容易，因为壳的碎块的一面也是白色的，与瓜仁无异，我误认为全是瓜仁而舔进口中去嚼，其味虽非嚼蜡，却等于嚼砂。壳的碎片紧紧地嵌进牙齿缝里，找不到牙签就无法取出。碰到这种钉子的时候，我就下个决心，从此戒绝瓜子。戒绝之法，大抵是喝一口茶来漱一漱口，点起一支香烟，或者把瓜子盆推开些，把身体换个方向坐了，以示不再对它发生关系。然而过了几分钟，与别人谈了几句话，不知不觉之间，会跟了别人而伸手向盆中摸瓜子来咬。等到自己觉察破戒的时候，往往是已经咬过好几粒了。这样，吃了非戒不可，戒了非吃不可；吃而复戒，戒而复吃，我为它受尽苦痛。这使我现在想起了瓜子觉得害怕。

但我看别人，精通此技的很多。我以为中国人的三种博士才能中，咬瓜子的才能最可叹佩。常见闲散的少爷们，一只手指间夹着一支香烟，一只手握着一把瓜子，且吸且咬，且咬且吃，且吃且谈，且谈且笑。从容自由，直是"交关写意！"他们不须拣选瓜子，也不须用手指去剥。一粒瓜子塞进了口里，只消"格"地一咬，"呸"地一吐，早已把所有的壳吐出，而在那里嚼食瓜子的肉了。那嘴巴真像一具精巧灵敏的机器，不绝地塞进瓜子去，不绝地"格""呸""格""呸"……全不费力，可以永无罢休。女人们、小姐们的咬瓜子，态度尤加来得美妙：她们用兰花似的手指摘住瓜子的圆端，把瓜子垂直地塞在门牙中间，而用门牙去咬它的尖端。"的，的"两响，两瓣壳的尖头便向左右绽裂。然后那手敏捷地转个方向，同时头也帮着了微微地一侧，使瓜子水平地放在门牙口，用上下两门牙把两瓣壳分别拨开，咬住了瓜子肉的尖端而抽它出来吃。这吃法不但"的，的"的声音清脆可听，那手和头的转侧的姿势窈窕得很，有些儿妩媚动人。连丢去的瓜子壳也模样姣好，有如朵朵兰花。由此看来，咬瓜子是中国少爷们的专长，而尤其是中国小姐、太太们的拿手戏。

在酒席上、茶楼上，我看见过无数咬瓜子的圣手。近来瓜子大王畅销，我国的小孩子们也都学会了咬瓜子的绝技。我的技术，在国内不如小孩子们远甚，只能在外国人面前占胜。记得从前我在赴横滨的轮船中，与一个日本人同舱。偶检行箧，发见亲友所赠的一罐瓜子。旅途寂寥，我就打开来和日本人共吃。这是他平生没有吃过的东西，他觉得非常珍奇。在这时候，我便老实不客气地装出内行的模样，把吃法教导他，并且示范地吃给他看。托祖国的福，这示范没有失败。但看那日本人的练习，真是可怜得很！他如法将瓜子塞进口中，"格"地一咬，然而咬时不得其法，将唾液把瓜子的外壳全部浸湿，拿在手里剥的时候，滑来滑去，无从下手，终于滑落在地上，无处寻找了。他空咽一口唾液，再选一粒来咬。这回他剥时非常小心，把咬碎了的瓜子陈列在舱中的食桌上，俯伏了头，细细地剥，好像修理钟表的样子。约莫一二分钟之后，好容易剥得了些瓜仁的碎片，郑重地塞进口里去吃。我问他滋味如何，他点点头连称umai，umai！（好吃，好吃！）我不禁笑了出来。我看他那阔大的嘴里放进一些瓜仁的碎屑，犹如沧海中投以一粟，亏他辨出umai的滋味来。但我的笑不仅为这点滑稽，半由于骄矜自夸的心理。我想，这毕竟是中国人独得的技术，像我这样对于此道最拙劣的人，也能在外国人面前占胜，何况国内无数精通此道的少爷、小姐们呢？

发明吃瓜子的人，真是一个了不起的天才！这是一种最有效的"消闲"法。要"消磨岁月"，除了抽鸦片以外，没有比吃瓜子更好的方法了。其所以最有效者，为了它具备三个条件：一、吃不厌；

二、吃不饱；三、要剥壳。

俗语形容瓜子吃不厌，叫做"勿完勿歇"。为了它有一种非甜非咸的香味，能引逗人不断地要吃。想再吃一粒不吃了，但是嚼完吞下之后，口中余香不绝，不由你不再伸手向盆中或纸包里去摸。我们吃东西，凡一味甜的，或一味咸的，往往易于吃厌。只有非甜非咸的，可以久吃不厌。瓜子的百吃不厌，便是为此。有一位老于应酬的朋友告诉我一段吃瓜子的趣话：说他已养成了见瓜子就吃的习惯。有一次同了朋友到戏馆里看戏，坐定之后，看见茶壶的旁边放着一包打开的瓜子，便随手向包里掏取几粒，一面咬着，一面看戏。咬完了再取，取了再咬。如是数次，发见邻席的不相识的观剧者也来掏取。方才想起了这包瓜子的所有权。低声问他的朋友："这包瓜子是你买来的吗？"那朋友说"不"，他才知道刚才是擅吃了人家的东西，便向邻座的人道歉。邻座的人很漂亮，付之一笑，索性正式地把瓜子请客了。由此可知瓜子这样东西，对中国人有非常的吸引力，不管三七二十一，见了瓜子就吃。

俗语形容瓜子吃不饱，叫做"吃三日三夜，长个屎尖头"。因为这东西分量微小，无论如何也吃不饱，连吃三日三夜，也不过多排泄一粒屎尖头。为消闲计，这是很重要的一个条件。倘分量大了，一吃就饱，时间就无法消磨。这与赈饥的粮食，目的完全相反。赈饥的粮食求其吃得饱，消闲的粮食求其吃不饱。最好只尝滋味而不吞物质。最好越吃越饿，像罗马亡国之前所流行的"吐剂"一样，则开筵人嚼，醉饱之后，咬一下瓜子可以再来开筵大嚼。一直把时间消磨下去。

要剥壳也是消闲食品的一个必要条件。倘没有壳，吃起来太便当，容易饱，时间就不能多多消磨了。一定要剥，而且剥的技术要有声有色，使它不像一种苦工，而像一种游戏，方才适合于有闲阶级的生活，可让他们愉快地把时间消磨下去。

具足以上三个利于消磨时间的条件的，在世间一切食物之中，想来想去，只有瓜子。所以我说发明吃瓜子的人是了不起的天才。而能尽量地享用瓜子的中国人，在消闲一道上，真是了不起的积极的实行家！试看糖食店、南货店里的瓜子的畅销，试看茶楼、酒店、家庭中满地的瓜子壳，便可想见中国人在"格，呸"、"的，的"的声音中消磨去的时间，每年统计起来为数一定可惊。将来此道发展起来，恐怕是全中国也可消灭在"格，呸"、"的，的"的声音中呢。

我本来见瓜子害怕，写到这里，觉得更加害怕了。

廿三〔1934〕年四月廿日

作客者言

有一位天性真率的青年，赴亲友家作客，归家的晚上，垂头丧气地跑进我的房间来，躺在藤床上，不动亦不语。看他的样子很疲劳，好像做了一天苦工而归来似的。我便和他问答：

"你今天去作客，喝醉了酒吗？"

"不，我不喝酒，一滴儿也不喝。"

"那么为什么这般颓丧？"

"因为受了主人的异常优礼的招待。"

我惊奇地笑道："怪了！作客而受主人优待，应该舒服且高兴，怎的反而这般颓丧？倒好像被打翻了似的。"

他苦笑地答道："我宁愿被打一顿，但愿以后不再受这种优待。"

我知道他正在等候我去打开他的话匣子来。便放下笔，推开桌上的稿纸，把坐着的椅子转个方向，正对着他。点起一支烟来，津津有味地探问他：

"你受了怎样异常优礼的招待？来！讲点给我听听看！"

他抬起头来看看我桌上的稿件，说："你不是忙写稿吗？我的话说来长呢！"

我说："不，我准备一黄昏听你谈话。并且设法慰劳你今天受优待的辛苦呢。"

他笑了，从藤床上坐起身来，向茶盘里端起一杯菊花茶来喝了一口，慢慢地、一五一十地把这一天赴亲友家作客而受异常优礼的招待的经过情形描摹给我听。

以下所记录的便是他的话。

我走进一个幽暗的厅堂，四周阒然无人。我故意把脚步走响些，又咳嗽几声，里面仍然没有人出来，外面的厢房里倒走进一个人来。这是一个工人，好像是管门的人。他两眼盯住我，问我有什么事。我说访问某先生。他说："片子！"我是没有名片的，回答他说："我没有带名片，我姓某名某，某先生是知道我的，烦你去通报吧。"他向我上下打量了一会，说一声"你等一等"，怀疑似的进去了。

我立着等了一会，望见主人缓步地从里面的廊下走出来。走到望得见我的时候，他的缓步忽然改为趋步，拱起双手，口中高呼："劳驾，劳驾！"一步紧一步地向我赶将过来，其势急不可当，我几乎被吓退了。因为我想，假如他口中所喊的不是

"劳驾，劳驾"而换了"捉牢，捉牢"，这光景定是疑心我是窃了他家厅上的宣德香炉而赶出来捉我去送公安局。幸而他赶到我身边，并不捉牢我，只是连连地拱手、弯腰，几乎要拜倒在地。我也只得模仿他拱手、弯腰，弯到几乎拜倒在地，作为相当的答礼。

大家弯好了腰，主人袒开了左手，对着我说："请坐，请坐！"他的袒开的左手所照着的，是一排八仙椅子。每两只椅子夹着一只茶几，好像城头上的一排女墙。我选择最外口的一只椅子坐了。一则贪图近便。二则他家厅上光线幽暗，除了这最外口的一只椅子看得清楚以外，里面的椅子都埋在黑暗中，看不清楚；我看见最外边的椅子颇有些灰尘，恐怕里面的椅子或有更多的灰尘与蜷龊，将污损我的新制的淡青灰哔叽长衫的屁股部分，弄得好像被摩登破坏团射了镪水一般。三则我是从外面来的客人，像老鼠钻洞一般地闯进人家屋里深暗的内部去坐，似乎不配。四则最外面的椅子的外边，地上放着一只痰盂，丢香烟头时也是一种方便。我选定了这个好位置，便在主人的"请，请，请"声中捷足先登地坐下了。但是主人表示反对，一定要我"请上坐"。请上坐者，就是要我坐到里面的、或许有更多的灰尘与蜷龊，而近旁没有痰盂的椅子上去。我把屁股深深地埋进我所选定的椅子里，表示不肯让位。他便用力拖我的臂，一定要夺我的位置。我终于被他赶走了，而我所选定的位置就被他自己占据了。

当此夺位置的时间，我们二人在厅上发出一片相骂似的声音，演出一种打架似的举动。我无暇察看我的新位置上有否灰尘或龌龊，且以客人的身份，也不好意思俯下头去仔细察看椅子的干净与否。我不顾一切地坐下了。然而坐下之后，很不舒服。我疑心椅子板上有什么东西，一动也不敢动。我想，这椅子至少同外面的椅子一样地颇有些灰尘，我是拿我的新制的淡青灰哔叽长衫来给他揩抹了两只椅子。想少沾些龌龊，我只得使个劲儿，将屁股摆稳在椅子板上，绝不转动摩擦。宁可费些气力，扭转腰来对主人谈话。

正在谈话的时候，我觉得屁股上冷冰冰起来。我脸上强装笑容——因为这正是"应该"笑的时候——心里却在叫苦。我想用手去摸摸看，但又逡巡不敢，恐怕再污了我的手。我作种种猜想，想象这是梁上挂下来的一只蜘蛛，被我坐扁，内脏都流出来了。又想象这是一朵鼻涕，一朵带血的痰。我浑身难过起来，不敢用手去摸。后来终于偷偷地伸手去摸了。指尖触着冷冰冰的湿湿的一团，偷偷摸出来一看，色彩很复杂，有白的，有黑的，有淡黄的，有蓝的，混在一起，好像五色的牙膏。我不辨这是何物，偷偷地丢在椅子旁边的地上了。但心里疑虑得很，料想我的新制的淡青灰哔叽长衫上一定染上一块五色了。但主人并不觉察我的心事，他正在滥用各种的笑声，把他近来的得意事件讲给我听。我记念着屁股底下的东西,心中想皱眉头,然而不好意思用颦蹙之颜来听他的得意事件,只得强颜作笑。我感到这种笑很费力。硬把嘴巴两旁的筋肉吊起来,久后非常酸痛。须得乘个空隙用手将脸上的筋肉用力揉一揉,然后再装笑脸听他讲。其实我没有仔细听他所讲的话,因为我听了很久,已能料知他的下文了。我只是顺口答应着,而把眼睛偷看环境中,凭空地研究我屁股底下的究竟是什么东西。我看见他家梁上筑着燕巢,燕子飞进飞出,遗弃一朵粪在地上,其颜色正同我屁股底下的东西相似。我才知道,我新制的淡青灰哔叽长衫上已经沾染一朵燕子粪了。

外面走进来一群穿长衫的人。他们是主人的亲友和邻居。主人因为我是远客,特地邀他们来陪我。大部分的人是我所未认识的,主人便立起身来为我介绍。他的左手臂伸直,好像一把刀。他用这把刀把新来的一群人一个一个地切开来,同时口中说着:

"这位是某某先生,这位是某某君……"等到他说完的时候,我已把各人的姓名统统忘却了。因为当他介绍时,我只管在那里看他那把刀的切法,不曾用心听着。我觉得很奇怪,为什么介绍客人姓名时不用食指来点,必用刀一般的手来切?又觉得很妙,为什么用食指来点似乎侮慢,而用刀一般的手来切似乎客气得多?这也许有造形美术上的根据:五指并伸的手,样子比单伸一根食指的手美丽、和平而恭敬得多。这是合掌礼的一半。合掌是作个揖，这是作半个揖，当然客气得多。反之，单伸一根食指的手，是指示路径的牌子上或"小便在此"的牌子上所画的手。若用以指客人，就像把客人当作小便所，侮慢太甚了！我当时忙着这样的感想，又叹佩我们的主人的礼貌，竟把他所告诉我的客人的姓名统统忘记了。但觉姓都是百家姓所载的，名字中有好几个"生"字和"卿"字。

主人请许多客人围住一张八仙桌坐定了。这回我不自选座位，一任主人发落，结果被派定坐在左边，独占一面。桌上已放着四只盆子，内中两盆是糕饼，一盆是瓜子，一盆是樱桃。

仆人送到一盘茶，主人立起身来，把盘内的茶一一端送客人。客人受茶时，有的立起身来，伸手遮住茶杯，口中连称"得罪，得罪"。有的用中央三个指头在桌子边上敲击："答，答，答，答，"口中连称"叩头，叩头"。其意仿佛是用手代表自己的身体，把桌子当作地面，而伏在那里叩头。我是第一个受茶的客人，我点一点头，应了一声。与别人的礼貌森严比较之下，自觉太过傲慢了。我感觉自己的态度颇不适合于这个环境，局促不安起来。第二次主人给我添茶的时候，我便略略改变态度，也伸手挡住茶杯。我以为这举动可以表示两种意思，一种是"够了，够了"的意思，还有一种是用此手作半个揖道谢的意思，所以可取。但不幸技巧拙劣，把手遮住了主人的视线，在幽暗的厅堂里，两方大家不易看见杯中的茶。他只管把茶注下来，直到泛滥在桌子上，滴到我的新制的淡青灰哔叽长衫上，我方才觉察，动手拦阻。于是找抹桌布，揩拭衣服，弄得手忙脚乱。主人特别关念我的衣服，表示十分抱歉的样子，要亲自给我揩拭。我心中很懊恼，但脸上只得强装笑容，连说"不要紧，没有什么"；其实是"有什么"的！我的新制的淡青灰哔叽长衫上又染上了芭蕉扇大的一块茶渍！

主人以这事件为前车，以后添茶时逢到伸手遮住茶杯的客人，便用开诚布公似的语调说："不要客气，大家老实来得好！"客人都会意，便改用指头敲击桌子："答，答，答，答。"这办法的确较好，除了不妨碍视线的好处外，又是有声有色，郑重得多。况且手的样子活像一个小形的人：中指像头，食指和无名指像手，大指和小指像足，手掌像身躯，口称"叩头"而用中指"答，答，答，答"地敲击起来，俨然是"五体投地"而"捣蒜"一般叩头的模样。

主人分送香烟，座中吸烟的人，连主人共有五六人，我也在内。主人划一根自来火，先给我的香烟点火。自来火在我眼前烧得正猛，匆促之间我真想不出谦让的方法来，便应了一声，把香烟凑上去点着了。主人忙把已经烧了三分之一的自来火给坐在我右面的客人的香烟点火。这客人正在咬瓜子，便伸手推主人的臂，口里连叫"自来，自来"。"自来"者，并非"自来火"的略语，是表示谦让，请主人"自"己先"来"（就是点香烟的意思。主人坚不肯"自来",口中连喊"请,请,请",定要隔着一张八仙桌,拿着已剩二分之一弱的火柴杆来给这客人点香烟。我坐在两人中间,眼看那根不知趣的火柴杆越烧越短,而两人的交涉尽不解决,心中替他们异常着急。主人又似乎不大懂得燃烧的物理,一味把火头向下,因此火柴杆烧得很快。幸而那客人不久就表示屈服,丢去正咬的瓜子,手忙脚乱地向茶杯旁边捡起他那支香烟,站起来,弯下身子,就火上去吸。这时候主人手中的火柴杆只剩三分之一弱,火头离开他的指爪只有一粒瓜子的地位了。

出乎我意外的,是主人还要撮着这一粒火柴杆,去给第三个客人点香烟。第三个客人似乎也没有防到这一点,不曾预先取烟在手。他看见主人有"燃指之急",特地不取香烟,摇手喊道:"我自来,我自来。"主人依然强硬,不肯让他自来。这第三个客人的香烟的点火,终于像救火一般惶急万状地成就了。他在匆忙之中带翻了一只茶杯,幸而杯中盛茶不多,不曾作再度的泛滥。我屏息静观,几乎发呆了,到这时候才抽一口气。主人把拿自来火的手指用力地搓了几搓,再划起一根自来火来,为第四个客人的香烟点火。在这事件中,我顾怜主人的手指烫痛,又同情于客人的举动的仓皇。觉得这种主客真难做:吸烟,原是一件悠闲畅适的事;但在这里变成救火一般惶急万状了。

这一天,我和别的几位客人在主人家里吃一餐饭,据我统计，席上一共闹了三回事：第一次闹事，是为了争座位。所争的是朝里的位置。这位置的确最好：别的三面都是两人坐一面的，朝里可以独坐一面；别的位置都很幽暗，朝里的位置最亮。且在我更有可取之点，我患着羞明的眼疾，不耐对着光源久坐，最喜欢背光而坐。我最初看中这好位置，曾经一度占据，但主人立刻将我一把拖开，拖到左边的里面的位置上，硬把我的身体装进在椅子里去。这位置最黑暗，又很狭窄，但我只得忍受。因为我知道这座位叫做"东北角"，是最大的客位；而今天我是远客，别的客人都是主人请来陪我的。主人把我驱逐到"东北"之后，又和别的客人大闹一场：坐下去，拖起来；装进去，逃出来；约莫闹了五分钟，方才坐定。"请，请，请"，大家"请酒"，"用菜"。

　　第二次闹事，是为了灌酒。主人好像是开着义务酿造厂的，多多益善地劝客人饮酒。他有时用强迫的手段，有时用欺诈的手段。客人中有的把酒杯藏到桌子底下，有的拿了酒杯逃开去。结果有一人被他灌醉，伏在痰盂上呕吐了。主人一面照料他，一面劝别人再饮。好像已经"做脱①"了一人，希望再麻翻几个似的。我幸而以不喝酒著名，当时以茶代酒，没有卷入这风潮的旋涡中，没有被麻翻的恐慌。但久作壁上观，也觉得厌倦了，便首先要求吃饭。后来别的客人也都吃饭了。

---

① 做脱，江南一带方言，意即干掉。

第三次闹事,便是为了吃饭问题。但这与现今世间到处闹着的吃饭问题性质完全相反。这是一方强迫对方吃饭,而对方不肯吃。起初两方各提出理由来互相辩论;后来是夺饭碗——一方硬要给他添饭,对方决不肯再添;或者一方硬要他吃一满碗,对方定要减少半碗。粒粒皆辛苦的珍珠一般的白米,在这社会里全然失却其价值,几乎变成狗子也不要吃的东西了。我没有吃酒,肚子饿着,照常吃两碗半饭。在这里可说是最肯负责吃饭的人,没有受主人责备。因此我对于他们的争执,依旧可作壁上观。我觉得这争执状态真是珍奇;尤其是在到处闹着没饭吃的中国社会里,映成强烈的对比。可惜这种状态的出现,只限于我们这主人的客厅上,又只限于这一餐的时间。若得因今天的提倡与励行而普遍于全人类,永远地流行,我们这主人定将在世界到处的城市被设立生祠①,死后还要在世界到处的城市中被设立铜像呢。我又因此想起了以前在你这里看见过的日本人描写乌托邦的几幅漫画:在那漫画的世界里,金银和钞票是过多而没有人要的,到处被弃掷在垃圾桶里。清道夫满满地装了一车子钞票,推到海边去烧毁。半路里还有人开了后门,捧出一畚箕金镑来,硬要倒进他的垃圾车中去,却被清道夫拒绝了。马路边的水门汀上站着的乞丐,都提着一大筐子的钞票,在那里哀求苦告地分送给行人,行人个个远而避之。我看今天座上为拒绝吃饭而起争执的主人和

---

① 指为仍然活着的人修建的祠堂。

客人们，足有列入那种漫画人物中的资格。请他们侨居到乌托邦去，再好没有了。

我负责地吃了两碗半白米饭，虽然没有受主人责备，但把胃吃坏，积滞了。因为我是席上第一个吃饭的人，主人命一仆人站在我身旁，伺候添饭。这仆人大概受过主人的训练，伺候异常忠实：当我吃到半碗饭的时候，他就开始鞠躬如也地立在我近旁，监督我的一举一动，注视我的饭碗，静候我的吃完。等到我吃剩三分之一的时候，他站立更近，督视更严，他的手跃跃欲试地想来夺我的饭碗。在这样的监督之下，我吃饭不得不快。吃到还剩两三口的时候，他的手早已搭在我的饭碗边上，我只得两三口并作一口地吞食了，让他把饭碗夺去。这样急急忙忙地装进了两碗半白米饭，我的胃就积滞，隐隐地作痛，连茶也喝不下去。但又说不出来。忍痛坐了一会，又勉强装了几次笑颜，才得告辞。我坐船回到家中，已是上灯时分，胃的积滞还没有消，吃不进夜饭。跑到药房里去买些苏打片来代夜饭吃了，便倒身在床上。直到黄昏，胃里稍觉松动些，就勉强起身，跑到你这里来抽一口气。但是我的身体、四肢还是很疲劳，连脸上的筋肉，也因为装了一天的笑，酸痛得很呢。我但愿以后不再受人这种优礼的招待！

他说罢，又躺在藤床上了。我把香烟和火柴送到他手里，对他说:"好,待我把你所讲的一番话记录出来。倘能卖得稿费,去买许多饼干、牛奶、巧格力和枇杷来给你开慰劳会吧。"

廿三〔1934〕年五月旅中

送阿宝出黄金时代

阿宝,我和你在世间相聚,至今已十四年了,在这五千多天内,我们差不多天天在一处,难得有分别的日子。我看着你呱呱坠地,嘤嘤学语,看你由吃奶改为吃饭,由匍匐学成跨步。你的变态微微地逐渐地展进,没有痕迹,使我全然不知不觉,以为你始终是我家的一个孩子,始终是我们这家庭里的一种点缀,始终可做我和你母亲的生活的慰安者。然而近年来,你态度行为的变化,渐渐证明其不然。你已在我们的不知不觉之间长成了一个少女,快将变为成人了。古人谓"父母之年不可不知也,一则以喜,一则以惧"。我现在反行了古人的话,在送你出黄金时代的时候,也觉得悲喜交集。

所喜者,近年来你的态度行为的变化,都是你将由孩子变成成人的表示。我的辛苦和你母亲的劬劳似乎有了成绩,私心庆慰。所悲者,你的黄金时代快要度尽,现实渐渐暴露,你将停止你的美丽的梦,而开始生活的奋斗了,我们仿佛丧失了一个从小依傍在身边的孩子,而另得了一个新交的知友。"乐莫乐兮新相知";然而旧日天真烂漫的阿宝,从此永远不得再见了!

记得去春有一天,我拉了你的手在路上走。落花的风把一阵柳絮吹在你的头发上,脸孔上,和嘴唇上,使你好像冒了雪,生了白胡须。我笑着搂住了你的肩,用手帕为你拂拭。你也笑着,仰起了头依在我的身旁。这在我们原是极寻常的事:以前每天你吃过饭,是我同你洗脸的。然而路上的人向我们注视,对我们窃笑,其意思仿佛在说:"这样大的姑娘儿,还在路上教父亲搂住了拭脸孔!"我忽然看见你的身体似乎高大了,完全发育了,已由中性似的孩子变成十足的女性了。我忽然觉得,我与你之间似乎筑起一堵很高,很坚,很厚的无影的墙。你在我的怀抱中长起来,在我的提携中大起来;但从今以后,我和你将永远分居于两个世界了。一刹那间我心中感到深痛的悲哀。我怪怨你何不永远做一个孩子而定要长大起来,我怪怨人类中何必有男女之分。然而怪怨之后立刻破悲为笑。恍悟这不是当然的事,可喜的事么?

记得有一天,我从上海回来。你们兄弟姊妹照例拥在我身旁,等候我从提箱中取出"好东西"来分。我欣然地取出一束巧格力来,分给你们每人一包。你的弟妹们到手了这五色金银的巧格力,照例欢喜得大闹一场,雀跃地拿去尝新了。你受持了这赠品也表示欢喜,跟着弟妹们去了。然而过了几天,我偶然在楼窗中望下来,看见花台旁边,你拿着一包新开的巧格力,正在分给弟妹三人。他们各自争多嫌少,你忙着为他们均分。在一块缺角的巧格力上添了一张五色金银的包纸派给小妹妹了，方才三面公平。他们欢喜地吃糖了，你也欢喜地看他们吃。这使我觉得惊奇。吃巧格力，向来是我家儿童们的一大乐事。因为乡村里只有箬叶包的糖塌饼，草纸包的状元糕，没有这种五色金银的糖果；只有甜煞的粽子糖，咸煞的盐青果，没有这种异香异味的糖果。所以我每次到上海，一定要买些回来分给儿童，借添家庭的乐趣。儿童们切望我回家的目的，大半就在这"好东西"上。你向来也是这"好东西"的切望者之一人。你曾经和弟妹们赌赛谁是最后吃完；你曾经把五色金银的锡纸积受起来制成华丽的手工品，使弟妹们艳羡。这回你怎么一想，肯把自己的一包藏起来，如数分给弟妹们吃呢？我看你为他们分均匀了之后表示非常的欢喜，同从前赌得了最后吃完时一样，不觉倚在楼上独笑起来。因为我忆起了你小时候的事：十来年之前，你是我家里的一个捣乱分子，每天为了要求的不满足而哭几场，挨母亲打几顿。你吃蛋只要吃蛋黄，不要吃蛋白，母亲偶然夹一筷蛋白在你的饭碗里，你便把饭粒和蛋白乱拨在桌子上，同时大喊"要黄！要黄！"你以为凡物较好者就叫做"黄"。所以有一次你要小椅子玩耍，母亲搬一个小凳子给你，你也大喊"要黄！要黄！"你要长竹竿玩，母亲拿一根"史的克"①给你，你也大喊"要黄！要黄！"你看不起那时候还只一二岁而不会活动的软软。吃东西时，把不好吃的东西留着给软软吃；讲故事时，把不幸的角色派给软软当。向母亲有所要求而不得允许的时候，你就高声地问："当错软

---

① 英文stick的译音，意即手杖。

软么？当错软软么？"你的意思以为：软软这个人要不得，其要求可以不允许；而阿宝是一个重要不过的人，其要求岂有不允许之理？今所以不允许者，大概是当错了软软的原故。所以每次高声地提醒你母亲，务要她证明阿宝正身，允许一切要求而后已。这个一味"要黄"而专门欺侮弱小的捣乱分子，今天在那里牺牲自己的幸福来增殖弟妹们的幸福，使我看了觉得可笑，又觉得可悲。你往日的一切雄心和梦想已经宣告失败，开始在遏制自己的要求，忍耐自己的欲望，而谋他人的幸福了；你已将走出惟我独尊的黄金时代，开始在尝人类之爱的辛味了。

记得去年有一天，我为了必要的事，将离家远行。在以前，每逢我出门了，你们一定不高兴，要阻住我，或者约我早归。在更早的以前，我出门须得瞒过你们。你弟弟后来寻我不着，须得哭几场。我回来了，倘预知时期，你们常到门口或半路上来迎候。我所描的那幅题曰《爸爸还不来》的画，便是以你和你的弟弟的等我归家为题材的。因为我在过去的十来年中，以你们为我的生活慰安者，天天晚上和你们谈故事，做游戏，吃东西，使你们都觉得家庭生活的温暖，少不来一个爸爸，所以不肯放我离家。去年这一天我要出门了，你的弟妹们照旧为我惜别，约我早归。我以为你也如此，正在约你何时回家和买些什么东西来，不意你却劝我早去，又劝我迟归，说你有种种玩意可以骗住弟妹们的阻止和盼待。原来你已在我和你母亲谈话中闻知了我此行有早去迟归的必要，决意为我分担生活的辛苦了。我此行感觉轻快，但又感觉悲哀。因为我家将少却了一个黄金时代的幸福儿。

以上原都是过去的事，但是常常切在我的心头，使我不能忘却。现在，你已做中学生，不久就要完全脱离黄金时代而走向成人的世间去了。我觉得你此行比出嫁更重大。古人送女儿出嫁诗云："幼为长所育，两别泣不休。对此结中肠，义往难复留。"你出黄金时代的"义往"，实比出嫁更"难复留"，我对此安得不"结中肠"？所以现在追述我的所感，写这篇文章来送你。你此后的去处，就是我这册画集里所描写的世间。我对于你此行很不放心。因为这好比把你从慈爱的父母身旁遣嫁到恶姑的家里去，正如前诗中说："自小阙内训，事姑贻我忧。"事姑取甚样的态度，我难于代你决定。但希望你努力自爱，勿贻我忧而已。

约十年前，我曾作一册描写你们的黄金时代的画集（《子恺画集》）。其序文（《给我的孩子们》）中曾经有这样的话："我的孩子们！我憧憬于你们的生活，每天不止一次！我想委曲地说出来，使你们自己晓得。可惜到你们懂得我的话的时候，你们将不复是可以使我憧憬的人了。这是何等可悲哀的事啊！""但是你们的黄金时代有限，现实终于要暴露的。这是我经验过来的情形，也是大人们谁也经验过来的情形。我眼看见儿时伴侣中的英雄、好汉，一个个退缩、顺从、妥协、屈服起来，到像绵羊的地步。我自己也是如此。'后之视今，亦犹今之视昔'，你们不久也要走这条路呢！"写这些话时的情景还历历在目，而现在你果然已经"懂得我的话"了！果然也要"走这条路"了！无常迅速，念此又安得不结中肠啊！

廿三〔1934〕年岁暮，选辑近作漫画，定名为《人间相》，付开明出版。选辑既竟，取十年前所刊《子恺画集》比较之，自觉画趣大异。读序文，不觉心情大异。遂写此篇，以为《人间相》辑后感。

荣辱

　　为了一册速写簿遗忘在里湖的一爿小茶店里了，特地从城里坐黄包车去取。讲到①车钱来回小洋②四角。

　　这速写簿用廿五文一大张的报纸做成，旁边插着十几个铜板一支的铅笔。其本身的价值不及黄包车钱之半。我所以是要取者，为的是里面已经描了几幅画稿。本来画稿失掉了可以凭记忆而背摹；但这几幅偏生背摹不出，所以只得花了工夫和车钱去取。我坐在黄包车里心中有些儿忐忑。仔细记忆，觉得这的确是遗忘在那茶店里面第二只桌子的墙边的。记得当我离去时，茶店老板娘就歇在里面第一只桌子旁边，她一定看到这册速写簿，已经代我收藏了。即使她不收藏，第二个顾客坐到我这位置里去吃茶，看到了这册东西一定不会拿走，而交老板娘收藏。因为到这茶店里吃茶的都是老主顾，而且都是劳动者，

---

① 讲到，意即讲定。
② 当时除"法币"以外有一种二角银币，称为二角小洋，合铜板50枚（"法币"二角为二角大洋，合铜板60枚）。

他们拿这东西去无用。况且他们曾见我在这里写生过好几次，都认识我，知道这是我的东西，一定不会吃没我①。我预卜这辆黄包车一定可以载了我和一册速写簿而归来。

车子走到湖边的马路上，望见前面有一个军人向我对面走来。我们隔着一条马路相向而行，不久这人渐渐和我相近。当他走到将要和我相遇的时候，他的革靴戛然一响，立正，举手，向我行了一个有色有声的敬礼。我平生不曾当过军人，也没有吃粮的朋友，对于这种敬礼全然不惯，不知怎样对付才好，一刹那间心中混乱。但第二刹那我就决定不理睬他。因为我忽然悟到，这一定是他的长官走在我的后面，这敬礼与我是无关的。于是我不动声色地坐在车中，但把眼斜转去看他礼毕。我的车夫跑得正快，转瞬间我和这行礼者交手而过，背道而驰。我方才旋转头去，想看看我后面的受礼者是何等样人。不意后面并无车子，亦无行人，只有那个行礼者。他正也在回头看我，脸上表示愤怒之色，隔着二三丈的距离向我骂了一声悠长的"妈——的！"然后大踏步去了。我的车夫自从见我受了敬礼之后，拉得非常起劲。不久使我和这"妈——的"相去遥远了。

我最初以为这"妈——的"不是给我的，同先前的敬礼的不是给我一样。但立刻确定它们都是给我的。经过了一刹那间的惊异之后，我坐在黄包车里独自笑起来。大概这军人有着一位长官，也戴墨镜，留长须，穿蓝布衣，其相貌身材与我相像。所以他误把敬礼给了我。

---

① 吃没，江南一带方言，意即吞没。吃没我，意即吞没我的东西。

但他终于发觉我不是他的长官,所以又拿悠长的"妈——的"来取消他的敬礼。我笑过之后一时终觉不快。倘然世间的荣辱是数学的,则"我+敬礼-妈的=我"同"3+1-1=3"一样,在我没有得失,同没有这回事一样。但倘不是数学的而是图画的,则涂了一层黑色之后再涂一层白色上去取消它,纸上就堆着痕迹,或将变成灰色,不复是原来的素纸了。我没有冒领他的敬礼,当然也不受他的"妈——的"。但他的敬礼实非为我而行,而他的"妈——的"确是为我而发。故我虽不冒领敬礼,他却要我实收"妈——的"。无端被骂,觉得有些冤枉。

但我的不快立刻消去。因为归根究底,终是我的不是,为什么我要貌似他的长官,以致使他误认呢?昔夫子貌似了阳货,险些儿"性命交关"。我只受他一个"妈——的"比较起来真是万幸了。况且我又因此得些便宜:那黄包车夫没有听见"妈——的",自从见我受了军人的敬礼之后,拉的非常起劲。先前咕噜地说"来回四角太苦",后来一声不响,出劲地拉我到小茶店里,等我取得了速写簿,又出劲地拉我回转。给他四角小洋,他一声不说,我却自动地添了他五个铜子。

我记录了这段奇遇之后,作如是想:因误认而受敬,因误认而被骂。世间的毁誉荣辱,有许多是这样的。

廿四〔1935〕年三月六日于杭州

家

廿六〔1937〕年冬，我仓皇弃家，徒手出奔。所有图书器物，与缘缘堂同归于尽。卅五〔1946〕年秋胜利还乡，凭吊故居，但见一片草原，上有野生树木高数丈矣。忽有乡亲持一箱来，曰：此缘缘堂被毁前夕代为冒险抢出者，今以归还物主。启视之，书籍、函牍、书稿、文稿，乱杂残缺，半属废物；惟中有原稿一篇题名为"家"者依然完好。读之。十年前事，憬然在目。稿末无年月；但料是"八一三"左右所作，未及发表，委弃于堂中者。① 此虎口余生，亦足珍惜。遂为加序，付杂志发表。

卅六〔1947〕年六月十日记

---

① 作者记忆有误，本篇其实曾发表在1936年11月16日《论语》第100期（家的专号）上。发表时文末有日期。作者于箱中所发现的或许是自留底稿。作者后来又在文前加此开场白，发表于《文艺知识》连丛第一集之四（1947年8月1日）。

从南京的朋友家里回到南京的旅馆里，又从南京的旅馆里回到杭州的别寓里，又从杭州的别寓里回到石门湾的缘缘堂本宅里，每次起一种感想，逐记如下。

当在南京的朋友家里的时候，我很高兴。因为主人是我的老朋友，我们在少年时代曾经共数晨夕。后来为生活而劳燕分飞，虽然大家形骸老了些，心情冷了些，态度板了些，说话空了些，然而心的底里的一点灵火大家还保存着，常在谈话之中互相露示。这使得我们的会晤异常亲热。加之主人的物质生活程度的高低同我的相仿佛，家庭设备也同我的相类似。我平日所需要的：一毛大洋①一两的茶叶，听头的大美丽香烟，有人供给开水的热水壶，随手可取的牙签，适体的藤椅，光度恰好的小窗，他家里都有，使我坐在他的书房里感觉同坐在自己的书房里相似。加之他的夫人善于招待，对于客人表示真诚的殷勤，而绝无优待的虐待。优待的虐待，是我在作客中常常受到而顶顶可怕的。例如拿了不到半寸长的火柴来为我点香烟，弄得大家仓皇失措，我的胡须几被烧去；把我所不欢喜吃的菜蔬堆在我的饭碗上，使我无法下箸；强夺我的饭碗去添饭，使我吃得停食；藏过我的行囊，使我不得告辞。这种招待，即使出于诚意，在我认为是逐客令，统称之为优待的虐待。这回我所住的人家的夫人，全无此种恶习，但把不缺乏的香烟自来火放在你能自由取得的地方而并不用自来火烧你的胡须；但把精致的菜蔬摆在你能自由挟取的地方，饭桶摆在你能自

---

① 当时角币有大洋小洋之分：一毛大洋合30个铜板，一毛小洋合25个。

艺术的人生

由添取的地方，而并不勉强你吃；但在你告辞的时光表示诚意的挽留，而并不监禁。这在我认为是最诚意的优待。这使得我非常高兴。英语称勿客气曰at home①。我在这主人家里作客，真同at home一样。所以非常高兴。

然而这究竟不是我的home，饭后谈了一会，我惦记起我的旅馆来。我在旅馆，可以自由行住坐卧，可以自由差使我的茶房，可以凭法币之力而自由满足我的要求。比较起受主人家款待的作客生活来，究竟更为自由。我在旅馆要住四五天，比较起一饭就告别的作客生活来，究竟更为永久。因此，主人的书房的屋里虽然布置妥帖，主人的招待虽然殷勤周至，但在我总觉得不安心。所谓"凉亭虽好，不是久居之所"。饭后谈了一会，我就告别回家。这所谓"家"，就是我的旅馆。

当我从朋友家回到了旅馆里的时候，觉得很适意。因为这旅馆在各点上是称我心的。第一，它的价钱还便宜，没有大规模的笨相，像形式丑恶而不适坐卧的红木椅，花样难看而火气十足的铜床，工本浩大而不合实用、不堪入目的工艺品，我统称之为大规模的笨相。造出这种笨相来的人，头脑和眼光很短小，而法币很多。像暴发的富翁，无知的巨商，升官发财的军阀，即是其例。要看这种笨相，可以访问他们的家。我的旅馆价既便宜，其设备当然不丰。即使也有笨相——

---

① at home, 英文, 原义是"在自己家里", 转义是"像在家里一样""无拘束""舒适自在"。

像家具形式的丑恶，房间布置的不妥，壁上装饰的唐突，茶壶茶杯的不可爱——都是小规模的笨相，比较起大规模的笨相来，犹似五十步比百步，终究差好些，至少不使人感觉暴殄天物，冤哉枉也。第二，我的茶房很老实，我回旅馆时不给我脱外衣，我洗面时不给我绞手巾，我吸香烟时不给我擦自来火，我叫他做事时不喊"是——是——"，这使我觉得很自由，起居生活同在家里相差不多。因为我家里也有这么老实的一位男工，我就不妨把茶房当作自己的工人。第三，住在旅馆里没有人招待，一切行动都随我意。出门不必对人鞠躬说"再会"，归来也没有人同我寒暄。早晨起来不必向人道"早安"，晚上就寝的迟早也不受别人的牵累。在朋友家作客，虽然也很安乐，总不及住旅馆的自由：看见他家里的人，总得想出几句话来说说，不好不去睬他。脸孔上即使不必硬作笑容，也总要装得和悦一点，不好对他们板脸孔。板脸孔，好像是一种凶相。但我觉得是最自在最舒服的一种表情。我自己觉得，平日独自闭居在家里的房间里读书、写作的时候，脸孔的表情总是严肃的，极难得有独笑或独乐的时光。若拿这种独居时的表情移用在交际应酬的座上，别人一定当我有所不快，在板面孔。据我推想，这一定不止我一人如此。最漂亮的交际家，巧言令色之徒，回到自己家里，或房间里，甚或眠床里，也许要用双手揉一揉脸孔，恢复颜面上的表情筋肉的疲劳，然后板着脸孔皱着眉头回想日间的事，考虑明日的战略。可知无论何人，交际应酬中的脸孔多少总有些不自然，其表情筋肉多少总有些儿吃力。最自然、最舒服的,只有板着脸孔独居的时候。所以,我在孤僻发作的时候,觉得住旅馆比在朋友家作客更自在而舒服。

然而,旅馆究竟不是我的家,住了几天,我惦记起我杭州的别寓来。

在那里有我自己的什用器物,有我自己的书籍文具,还有我自己雇请着的工人。比较起借用旅馆的器物,对付旅馆的茶房来,究竟更为自由;比较起小住四五天就离去的旅馆生活来,究竟更为永久。因此,我睡在旅馆的眠床上似觉有些浮动;坐在旅馆的椅子上似觉有些不稳;用旅馆的毛巾似觉有些隔膜。虽然这房间的主权完全属我,我的心底里总有些儿不安。住了四五天,我就算账回家。这所谓家,就是我的别寓。

当我从南京的旅馆回到了杭州的别寓里的时候,觉得很自在。我年来在故乡的家里蛰居太久,环境看得厌了,趣味枯乏,心情郁结。就到离家乡还近而花样较多的杭州来暂作一下寓公,借此改换环境,调节趣味。趣味,在我是生活上一种重要的养料,其重要几近于面包。别人都在为了获得面包而牺牲趣味,或者为了堆积法币而抑制趣味。我现在幸而没有走上这两种行径,还可省下半只面包来换得一点趣味。

因此,这寓所犹似我的第二的家。在这里没有作客时的拘束,也没有住旅馆时的不安心。我可以吩咐我的工人做点我所喜欢的家常素菜,夜饭时同放学归来的一子一女共吃。我可以叫我的工人相帮我,把房间的布置改过一下，新一新气象。饭后睡前，我可以开一开蓄音机〔唱机〕，听听新买来的几张蓄音片〔唱片〕。窗前灯下，我可以在自己的书桌上读我所爱读的书，写我所愿写的稿。月底虽然也要付房钱，但价目远不似旅馆这么贵，买卖式远不及旅馆这么明显。虽然也可以合算每天房钱几角几分。但因每月一付，相隔时间太长，住房子同付房钱就好像不相联关的两件事，或者房钱仿佛白付，而房子仿佛白住。因有此种种情形，我从旅馆回到寓中觉得非常自然。

然而，寓所究竟不是我的本宅。每逢起了倦游的心情的时候，我便惦记起故乡的缘缘堂来。在那里有我故乡的环境，有我关切的亲友，有我自己的房子，有我自己的书斋，有我手种的芭蕉、樱桃和葡萄。比较起租别人的房子，使用简单的器具来，究竟更为自由；比较起暂作借住，随时可以解租的寓公生活来，究竟更为永久。我在寓中每逢要在房屋上略加装修，就觉得要考虑；每逢要在庭中种些植物，也觉得不安心，因而思念起故乡的家来。牺牲这些装修和植物，倒还在其次；能否长久享用这些设备，却是我所顾虑的。我睡在寓中的床上虽然没有感觉像旅馆里那样浮动，坐在寓中的椅上虽然没有感觉像旅馆里那样不稳，但觉得这些家具在寓中只是摆在地板上的，没有像家里的东西那样固定得同生根一般。这种倦游的心情强盛起来，我就离寓返家。这所谓家，才是我的本宅。

当我从别寓回到了本宅的时候，觉得很安心。主人回来了，芭蕉鞠躬，樱桃点头，葡萄棚上特地飘下几张叶子来表示欢迎。两个小儿女跑来牵我的衣，老仆忙着打扫房间。老妻忙着烧素菜，故乡的臭豆腐干，故乡的冬菜，故乡的红米饭。窗外有故乡的天空，门外有打着石门湾土白的行人，这些行人差不多个个是认识的。还有各种负贩的叫卖声，这些叫卖声在我统统是稔熟的。我仿佛从飘摇的舟中登上了陆，如今脚踏实地了。这里是我的最自由、最永久的本宅，我的归宿之处，我的家。我从寓中回到家中，觉得非常安心。

但到了夜深人静，我躺在床上回味上述的种种感想的时候，又不安心起来。我觉得这里仍不是我的真的本宅，仍不是我的真的归宿之处，仍不是我的真的家。四大的暂时结合而形成我这身体，无始以来种种因缘相凑合而使我诞生在这地方。偶然的呢？还是非偶然的？若是偶然的，我又何恋恋于这虚幻的身和地？若是非偶然的，谁是造物主呢？我须得寻着了他，向他那里去找求我的真的本宅，真的归宿之处，真的家。这样一想，我现在是负着四大暂时结合的躯壳，而在无始以来种种因缘凑合而成的地方暂住，我是无"家"可归的。既然无"家"可归，就不妨到处为"家"。上述的屡次的不安心，都是我的妄念所生。想到那里，我很安心地睡着了。

廿五〔1936〕年十月廿八日

我的少年时代

我的少年时代的回忆中，印象最鲜明的，是剪辫子事件。民国光复之初，我正在高等小学读书。一位已剪辫子的先生在上课时对我们说："我们汉人本来没有辫子。二百余年前，满人夺了我们的土地，强迫我们养辫子，不听号令者死罪。我们屈服了二百多年。如今大汉光复，我们倘再保留这条辫子，无异甘心为人奴隶。大家赶快剪去！"我们一班同学少年听了这番话，个个感应。没有几天，大家脑后拖着半尺多长的头发，戴着鸭舌头帽子，活像现今戏班子里的花旦下台时的模样了。有不少人的家庭中，老人们拘于世代的旧习，反对剪辫，闹起小小的家庭问题来。我的母亲也反对我，当她发现我的脑后少了一条辫子的时候，把我骂了一顿，自己又哭了一场，然后把剪下来的辫子套在红封筒内，拿去珍藏了。第二天我到学校，连忙把这场家庭风波告诉同学少年，邀他们的同情。有的安慰我说："老年人大都讲不通，他们是不读书之故。我们读过历史，明知满洲人压迫我们已经二百多年。现在大汉光复，剪去这条辫子是应该的。你怕什么呢？"有的人代我想法："你可告诉你母亲：辫子好比是一个尾巴。养辫子赛过是生尾巴，做畜生。这是满洲人侮辱我们的办法。这样对你母亲辩解，她一定不会再骂你了。"还有人鼓励我："即使不做畜生，辫子总是无益有害而且难看的东西。试想一个人，为什么后面要挂这条累赘的东西？这完全是满洲人的野蛮的办法！现在我们革命成功，一切有害的事都要除去。我们从剪辫子开始，将来逐渐革除一切有害的事，提倡一切有益的事，国家自会强盛起来。那时西洋人和日本人就会知道：以前我国外交屡次失败。不是我国人民懦弱之故，全是满洲人政治不良之故。如今汉人自己管了，四万万人齐心协力，东西洋那些小国哪里还敢欺负我们？"以后接着说话的人就离开了辫子问题："满洲人是专制的，尊重皇帝而看轻百姓，谁肯为他们出力呢？现在我们收了回来，改成共和国，四万万人一律平等，为国家出力就是为自己出力，将来的中国岂有不强之理？今年是民国元年，大家已经这般高兴。再过十年廿年，到了我们长大的时候，中国一定非常强盛，人民一定还要高兴。那时我们汉人真光荣呢！""岂但光荣而已，我们还要收回屡屡的损失呢。马关条约、南京条约、北京条约、天津条约……许多地盘，许多赔款，都是满洲人给我们败了的。将来我们要统统收回，造成一个完全无缺的大中华共和国！"讲到这里，我们几个同学少年大家慷慨激昂，个个以民族英雄自许了。我早把母亲的哭骂忘却，跟着住校的同学走进房间里，借他的木梳来梳掠我那半尺多长的短发。一梳一梳地梳出来的，似乎全是快乐，幸福，和光荣的希望。

这是二十五年前的旧事了。现在回忆，还可使我眉飞色舞。几位同学少年大都无恙，虽无"五陵裘马自轻肥"之辈，但大家都努力为社会国家服务，果然不失为大中华共和国的好百姓。只是我每天早晨梳掠我的斑白的短发，再也梳不出当时那种快乐，幸福，和光荣的希望来了。这些希望似乎并不消灭，但被一种东西包住了，暂时失落在某处，将来一定有重新发现的一日。

敬礼

像吃药一般喝了一大碗早已吃厌的牛奶，又吞了一把围棋子似的、洋纽扣似的肺病特效药。早上的麻烦已经对付过去。儿女都出门去办公或上课了，太太上街去了，劳动大姐在不知什么地方，屋子里很静。我独自关进书房里，坐在书桌面前。这是一天精神最好的时光。这是正好潜心工作的时光。

今天要译的一段原文，文章极好，译法甚难。但是昨天晚上预先看过，躺在床里预先计划过句子的构造，所以今天的工作并不很难，只要推敲各句里面的字眼，就可以使它变成中文。右手握着自来水笔，左手拿着香烟。书桌左角上并列着一杯茶和一只烟灰缸。眼睛看着笔端，热中于工作，左手常常误把香烟灰敲落在茶杯里，幸而没有把烟灰缸当作茶杯拿起来喝。茶里加了香烟灰，味道有些特别，然而并不讨厌。

译文告一段落，我放下自来水笔，坐在椅子里伸一伸腰，眼梢头觉得桌子上右手所靠的地方有一件小东西在那里蠢动。仔细一看，原来是一个受了伤的蚂蚁：它的脚已经不会走路，然而躯干无伤，有时翘起头来，有时翻转肚子来，有时鼓动着受伤的脚，企图爬走，然后一步一蹶，终于倒下来，全身乱抖，仿佛在绝望中挣扎。啊，这一定是我闯的祸！我热中于工作的时候，没有顾到右臂底下的蚂蚁。我写完了一行字，迅速地把笔移向第二行上端的时候，手臂像汽车一样突进，然而桌子上没有红绿灯和横道线，因此就把这蚂蚁碾伤了。它没有拉我去吃警察官司，然而我很对不起它，又没有办法送它进医院去救治，奈何，奈何！

然而反复一想，这不能完全怪我。谁教它走到我的工场里来，被机器碾伤呢？它应该怪它自己，我怨不负责。不过，一个不死不活的生物躺在我眼睛面前，心情实在非常不快。我想起了昨天所译的一段文章："假定有百苦交加而不得其死的人，在没有生的价值的本人自不必说，在旁边看护他的亲人恐怕也会觉得杀了他反而慈悲吧。"（见夏目漱石著《旅宿》。）我想：我伸出一根手指去，把这百苦交加而不得其死的蚂蚁一下子捻死，让它脱了苦，不是慈悲吗？然而我又想起了某医生的话：延长寿命，是医生的天职。又想起故乡的一句俗话，"好死勿抵恶活"，我就不肯行此慈悲。况且，这蚂蚁虽然受伤，还在顽强地挣扎，足见它只是局部残废，全体的生活力还很旺盛，用指头去捻死它，怎么使得下手呢？犹豫不决，耽搁了我的工作。最后决定：我只当不见，只当没有这回事。我把稿纸移向左些，管自继续做我的翻译工作。让这个自作孽的蚂蚁在我的桌子上挣扎，不关我事。

　　翻译工作到底重大，一个蚂蚁的性命到底藐小，我重新热中于工作之后，竟把这事件完全忘记了。我用心推敲，频频涂改，仔细地查字典，又不断地抽香烟。忙了一大阵之后，工作又告一段落，又是放下自来水笔，坐在椅子里伸一伸腰。眼梢头又觉得桌子右角上离开我两尺光景的地方有一件小东西在那里蠢动。望去似乎比蚂蚁大些，并且正在慢慢地不断地移动，移向桌子所靠着的窗下的墙壁方面去。我凑近去仔细察看。啊哟，不看则已，看了大吃一惊！原来是两个蚂蚁，一个就是那受伤者，另一个是救伤者，正在衔住了受伤者的身体而用力把他（排字同志注意，以后不用它字了）拖向墙壁方面去。然而这救伤者的身体不比受伤者大，他衔着和自己同样大小的一个受伤者而跑路，显然很吃力，所以常常停下来休息。有时衔住了他的肩部而走路，走了几步停下来，回过身去衔住了他的一只脚而走路；走了几步又停下来，衔住了另一只脚而继续前进。停下来的时候，两人碰一碰头，仿佛谈几句话。也许是受伤者告诉他这只脚痛，要他衔另一只脚，也许是救伤者问他伤势如何，拖得动否。受伤者有一两只脚伤势不重，还能在桌上支撑着前进，显然是体谅救伤者太吃力，所以勉力自动，以求减轻他的负担。因为这样艰难，所以他们进行的速度很缓，直到现在还离开墙壁半尺之远。这个救伤者以前我并没有看到。想来是埋头于翻译的期间，他跑出来找寻同伴，发现这个同伴受了伤躺在桌子上，就不惜劳力、不辞艰苦、不顾冒险，拼命地扶他回家去疗养。这样藐小的动物，而有这样深挚的友爱之情、这样慷慨的牺牲精神，这样伟大的互助精神，真使我大吃一惊！同时想起了我刚才看不起他，想捻死他，不理睬他，又觉得非常抱歉，非常惭愧！

　　鲁迅先生曾经看见一个黄包车夫的身体大起来。我现在也如此：忽然看见桌子角上这两个蚂蚁大起来，大起来，大得同山一样，终于充塞于天地之间，高不可仰了。同时又觉得我自己的身体小起来，小起来，终于小得同蚂蚁一样了。我站起身来，向着这两个蚂蚁立正，举起右手，行一个敬礼。

一九五六年十二月十三日于上海作

/丰子恺散文精选/

艺术的趣味

我们对于美的自然或艺术品,
能把自己的感情移入于其中,
没入于其中,
与之共鸣共感,
这时候就经验到美的滋味。

图画教授谈

普通学校设图画科，用西洋画，而不用中国画。因西洋画重实物写生，可磨练其描写自然物之目力及腕力，且养成其对于自然物之美感也。中国画与西洋画同为艺术，然中国画只可为专门之艺术，西洋画则专门艺术之外，又可为普通之艺术。因其基于实物写生，可养成抚写自然美之能力，故可用之于普通学校也。

夫宇宙万物，各有其美，曰自然美。描写此美，即为艺术。其研究之深奥者，即为专门艺术；粗是抚写观察之能力者，即为普通艺术。普通艺术，为人生必须之知识，故普通学校必设图画科，且必以西洋画为主也。

是以普通学校图画科之目的，乃使学生能用其目力腕力，直接描写自然物之状态，且识别自然物之美恶也。故普通学校图画教授法，必以写生为主，且必为忠实缜密之写生，方可达其目的也。

夫自然物在吾人目中所表示之状态，各各不同，故吾人得以一望而识别为何物。原万物状态之构成，不外"形色"二事，"形色"二者，千差万别，而自然物之状态，亦千差万别。吾人所以能一见而识别其异同者，因其物之"形色"，必有可识别之点，学画即将此点描出，则见画则见实物矣。

故教授图画，须先使研究"形色"二事。然物之色，因阴阳背向之关系，生种种变化。例如白色之物，若在阴黑之面则视如黑色；深蓝之色，若在阳光之面，则反视如白色。阴阳之背向效力，大于色之效力。此阴阳背向之关系，西洋画中名曰"调子"，故初学宜先研究"形"及"调子"二事。盖"色彩"包含在"调子"内，故"调子"研究有素，进而研究"色彩"犹反掌矣。

"形"及"调子"二事，既为学画基本，即宜多加练习，基本练习之画材，即"静物"或"石膏模型"之铅笔木炭写生也。因铅笔木炭皆易描"调子"，而"静物石膏模型"可以静置，易于描写也。初学务多描基本练习，使其眼有明确观察"万物之形"及"调子"之能力，然后可谓有图画之技能，到处可以自由描写。即凡可见之物，无不可作画，且能择"形"及"调子"美者，以构图，此学画之目的也。

寻常学校，多授临画。学生临写名人画稿，灿烂可观，而描写实物之技能，全然未有。是使学生事工匠之事，则具抄写他人已就之画之技能，全无创造之能力，是背图画教授之目的矣。

寻常学校，喜示成绩，故好用临画。盖写生非多基本练习不可，岁月淹久。临画只要细心，便可依样画葫芦，即趣味高深之画，亦可描写，装入镜壳，以示成绩，见者莫不赞美也。不知临画愈工者，依赖性愈富，全无倡造之能力，徒费其光阴耳。不如以此时间从事基本练习，所得虽少，必获寸进，不致虚掷。是犹贫者不知殖产，而窃效富翁，终是虚名，不如归而力作，积之既久，亦成小康之家也。不佞有感于近今之图画教授，敢宣其陋见。

直到世界末

——上海艺术师范五周纪念

我脱却了学生的制服，便到上海艺术师范学校做教师。他是我的旧交。光阴度得真快，转瞬是他的五周纪念！像别人从《诗经》《尚书》里摘取"万寿无疆""永锡难老"等文句学称颂似的。我也从现在美国老诗人马冈《画圣米勒的名画〈持锄的男子〉》的诗中取点意义，称"直到世界末"以表示祝意。容我在下文解释米勒的《持锄的男子》的画和马冈咏这画的诗。

十九世纪的奇迹的米勒的伟大人格，大概已为我国艺术者所共知了。

米勒的画，都是深入人间精神的作品。其中最伟大的，暗示他的人生观和他对于人间的苦闷的作品，便是那幅《持锄的男子》。画中

描着一个焦黄,劳倦,如兽的农夫,持锄佝偻着,大意如图。

《持锄的男子》作于一八六二,明年发表于沙隆。当时曾受一般人的攻击,批评说他故意描写丑物。其实他们所见甚浅,还不能赏识这画的伟大。这画倘只用低级的,理智的眼光看时,不过一幅劳农的画像,并无何等的伟大。但米勒的画,决不是这样浅薄的。他的艺术的所以伟大,因为他的制作中,暗示着无限的意义和情操。

他并非故意描写丑物。因为他觉得焦黄,劳倦,野兽似的,为劳动所伤的农夫,给他最深的印象,最铭感他的心。把心中所最铭感的现象率直地描写出来,他认为是真正的,有价值的,伟大的艺术创作。故当时一般人反对他时,他曾这样回答他们:

"人们对于我的《持锄的男子》的批评,在我觉得很奇怪。看见了命定的非汗流满面不能生活的人时,把心中所起的感想率直地描写出来,难道是不行的么?有人说我反乡村美,实在我在乡村所发见的,比美更大——无限的光荣……"(罗曼·罗浪〔罗曼·罗兰〕著《米勒传》)

所以鉴赏艺术,不可单用低级的理智作用,应该用情绪,情操,发见作品背面潜伏着的心理,才能体验作者的情调,才算是真的艺术鉴赏。在资本制度下面非汗流满面不能生活的农夫,最激起米勒的同情。劳动的压迫把上帝照神像而造的人间残虐到这地步,使灵的动物的人类中现出这样可怕的,无智蒙昧的,野兽似的怪物来。岂非大悖神意的人间罪恶?这是米勒作这画的用意。像现今的世界,正是需要像米勒的艺术家的时候！

美国现在老诗人马冈见了这幅描写劳农的辛酸的画，他的诗想的琴弦起共鸣了。他推测米勒作这画时的理想，合于他自己的社会主义的思想，他就为这画作了一篇诗。现在我把这诗的大意解释在下面。

大意——他弯身在数百年的苦劳的重压下面，凭在他的锄上，注视着地上。他脸上表出着数百年来无智蒙昧的虚空。他背上负着世界的重担。谁使他对于欢乐和失望全无感觉？谁把他造成一个全没有悲愁，全没有希望的动物？使他愚昧而痴钝，仿佛牛的同类？谁放下他那兽类似的颚？（兽类的颚放下，和头骨几乎脱离。）谁使他的额倾斜后方？（兽类的脑倾斜后方。）谁吹散了他脑中的智慧的光明？

大意——这便是神明造出来的，使主治海和陆，使测星辰，使从天上探求智慧的力，使感得永远不朽的（即灵性的）的人间么？这便是造星辰的，放光明在苍穹的神明所理想到的理想（Dream指人间）么？从地狱的极端，直到终极的最深的渊里，总找不到如此可怕的形。

总找不到如此锐利的，责詈世间的盲目的贪婪的舌，如此充满于灵魂的征证和凶兆的事，如此满载着对于宇宙的威吓的事物。（造成像这持锄的男子的可怕的形，是人间的罪恶。故这形是最锐利的詈世的舌，是灵魂的凶兆，是威吓宇宙的。）

大意——他和天使之间，隔着何等远的深渊！劳锄的车轮的奴隶（指这男子，神话里说，Ixion犯了罪，被系在车轮上转着），深玄的柏拉图哲学和天上的星宿的摇，在他是一无所知的。诗歌的连绵的山岭，晓光的破露，蔷薇花的红，在他也一些不解。辛酸劳苦的世代，可在这可怕的形中看出。"时"的悲剧，画在这苦痛的佝偻中。通过了这可怕的形，被欺的，被夺的，被污的，被贱的（disinherited，即剥夺人间的资格）人道鸣诉于审判这世界的神明前。这鸣诉又是一个预言。（即预卜将来定有公正地审判人间一切功罪的一日。）

大意——各国的主人们，君主们，和治人者们！这妖怪似的，奇形的，灵火消灭的怪物，便是你们手制的，给上帝的献物么？你们将怎样使这压在数百年的苦劳的重压下一个佝偻形再伸直来？你们将怎样使他再接触永远不死的灵气？你们将怎样再给他向上的精神和智慧的光明？你们将怎样在这里面再筑起诗歌音乐的美趣和理想（Dream）来？你们怎样除去这永远不灭的耻辱，这虚伪的恶害，这难消灭的悲痛？（这都是世间的Lords and Rulers所应负的责任。）

大意——各国的主人们，君主们，和治人者们！"未来"将怎样处置这持锄的男子？当骚乱的旋风震撼这世界的时候（圣书里说，世界末日喇叭鸣时，天地大混乱），神明按问他"谁给你造成这样无智的禽兽似的形状？"时，教他如何回答？这默默不语的可怖的人沉默了几千万年之后到了世界末的审判的座前，神明问他"谁造成你这样？"他老实回答了真话的时候，那班作成这形状的王国和王者们，应该被如何处罚？

一九二四·六·一九，在小杨柳屋，梅雨声中

中国画与西洋画

做梦，大概谁也经验过。实际上所做不到的事，在梦中可以做到。平日所空想的境地，在梦中可以看见。例如庄周梦化为蝴蝶，唐明皇梦游月宫，都是现世中做不到的空想的事。我们平时也常梦见到怪异的情形，或已故的亲友，故梦的世界，与真的世界完全不同，人在现世求之不得的，在梦中可以求得。

中国的旧戏与新式的所谓"文明戏"，大概谁也看过。看的时候，大概谁也感到两者趣味的不同，旧戏里敲门、骑马，没有实在的门与马，吃饭吃酒，也没有实在的饭与酒，都只装一装样子就算了。新戏必有实在的布景，用真的门与真的马，又真正吃饭吃酒。旧戏里普通说话都是唱的，不近实际生活。新戏则同寻常对话一样，用真的语言。这旧戏是我们自己固有的戏剧，新戏是从西洋舶来的。

中国画的异于西洋画，正同梦的异于真，旧剧的异于新剧一样。试看中国画中所写的人生自然，全是现世所不能见到的状态。反之，西洋画所描的事物，望去总同实景一样。拿梦境与现世，旧剧与新剧来比方中国画与西洋画，真是很有趣的譬喻。中国画与西洋画为什么差异呢？因为中国画是赤裸裸地写神气的，西洋画是忠实地描实形的。详细地说，中国画是为了注重神气的写出而牺牲实形的肖似的；西洋画是为了实形的实描写而不免抹杀一点神气的。所以凡是中国画中所描出的事物，无论人物、山水、花卉、翎毛都只表示一点神气，不求肖似实物的形体。换句话讲，凡中国画中所描的事物，统是世界里所没有的事物，或是梦的世界里的事物。也可说与旧剧的表演人事一样：关门出去的时候两手在空中一分，脚底向天一翻；吃酒的时候把壶绕一个抛物线，仰起头来一倒；讲话的时候，一句话要摇头摆尾地唱几分钟。如果真有这样生活着的一个世界，这岂不是奇怪化的世界？反之，凡西洋画中所描出的事物，总是类似实物的。（未来派以后的例外。）你们如果有不曾看见真的上品的西洋画的，只要看市上的壁上广告画，照框店里的画片，也可知道，因为这等虽然下品，但也是西洋画风的，这等里面的猫竟同真猫一样，葡萄竟同真葡萄一样。就是上品的画，像写实派大家米勒（Millet）的作品等，价值与前者不可同日而语，但肖似实物的一点是共通的。所以西洋画所描的就是现世的事物，又西洋画是有一点照相式的。（这句话是为了要畅说而用的，请读到这文的西洋画专家万勿生气。）因此西洋画史上有许多关于肖似实物的趣话，说道某画家画的葡萄，鸟飞来啄了。又某画家画的帐，他的友人用手去撩了。中国画史上虽也有画得很像的肖像画，但另有一种肖似的地方，不是可以骗人或骗鸟的完全肖似。

中国画与西洋画

"曹不兴为孙权画屏风，误落墨点改画为蝇，孙权疑为真，用手拂之。"究竟是罕有的，小部分的，又非正当的例。西洋画则远近、明暗、界线、色彩，均迫近现实的世界。这也同新剧的表演人事一样：随常装束的人物，逼真的布景，平常一样的对话，有时完全如同现世。

举几个实例来说明：中国画中所画的人物，倘用西洋画的眼光来看，简直是不像人的。随便举个例，如第一图的人，好像是石头或雕像，全无毕肖人的形似的地方。要是西洋画，就是穿古装，也必定有立体的表现，望去像一个立体的人。但是讲到神气，这第一图实在已经表出一坐一仰卧的两老人的悠闲的风度，设使有同题的一幅西洋画，似则似矣，神气决不能这样充分地表出。我们唐代的大画家王摩诘画人物，省略得很，五官都不全，（西洋画的sketch也如此，但用意不同。）不当作是有意识的人而当作自然之一部分。但人的神气都表现着。不但如此，中国画有时为了描出

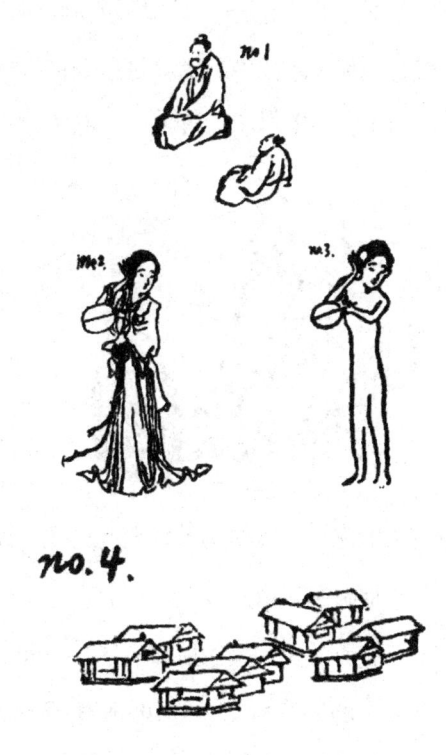

93

神气，竟不顾实际的形似。例如第二图，用西洋画法上的解剖学检点其身体的比例来，头极大，右小臂极长，左臂极短，成了像第三图的极可怕的形状。这等例，在中国画中实在不胜枚举。诸君想想中国人厅堂中长挂的三星图中的老寿星看，头之大身体之短，如果把衣服脱下来，实在要怕死人的。

至于房屋，更妙了。看了西洋画的建筑风景画，回头去看第四图，觉得眼前忽然轻松明亮，如入了一个世外桃源。这等竟是玩具，非实际的屋。王摩诘画的屋，不是给人住的屋，是屋自己的屋，画的路不是给人走的路，是田野的静脉管。然而毗连的状态，玲珑的姿势，毕现于笔法中。这就是屋的神气。形状上故意夸张一点，神气就活现了，正不必问肖似实物与否。

中国画中的石，实在是石自己独立的石。像第五图的例，仿佛是各种样子的人，或大大小小的老虎、狮子。其实，石的相貌竟是像人或兽的。就是实物，只要仔细观察，一定可以首肯这第五图的画法。西洋画不以石为画题，即使画石也不像中国画中的故意形容而极端表出其神气。

花卉，更为世间所没有了。菊花之径与篱之高同长，梅树上的花与其上的怪石同大，是中国画中寻常的事。像第六图的兰花，不晓得

中国画与西洋画

种在那里，更不晓得怎样生法。用西洋画的眼光看来，真是"天上种"了。一瓣叶子包围一群文字，全是装饰风的画法，非现世的描写。然吾人对于叶条修长而曲线妩媚的兰，实在的确有这样的感觉。这里我想起一段故事，我幼时初看见父亲买来供在庭角里的兰花，觉得这全是野地里的草，不过大了一点，并不好看，父亲为什么买来供呢！后来看了芥子园兰谱，似觉得这种姿态好像在哪里实际看见过，不过观念很不确实，以后再见兰花，方然悟到芥子园画谱里的兰就是父亲买来供在庭中的大草，我自认为这是我对中国画的第一次了解。于此可知中国画非描实相，是赤裸裸地描感觉的。

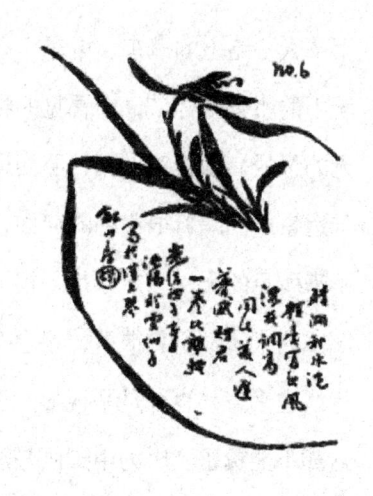

讲到中国画的风景，最有趣味了。就全体局面而论，中国画的风景统是从天空的飞艇里望下来所见的场面。广大的地面排着一重山，一重水，或山外山，楼外楼，全部看见，一无遮蔽。且在飞艇中望下来，所见范围虽广，但看见的都是物体的上部，犹之在先施公司的屋顶最高层中下望大马路上的汽车、电车，只见车盖。中国画则所见的范围与在飞艇中的所见一样广，而看见的物体又能同平视一样，所以说是世间所无的风景。试看第七图，照西洋画的远近法而论，近景与中景，中景与远景之间隔着很广阔的河面，画者一定是在山上或高楼上画的；望下来所见的人，一定不是平视形，石的底线一定还要弯曲。现在第七图中的人，额所见很多，颈也有些看见，全是平视形。石底线平直，岸线也平直，也全是平视形。按之西洋画的远近法，误谬多极了。但这却不能责备。因为中国画是注重神气的，山水的神气，在于其委曲变化的趣致。为了要写这趣致，不妨层层叠叠的描出像"山外清江江外沙，白云深处有人家"，或"山外青山楼外楼"之类的诗境。形体的似否，实际上的有无，正不必拘泥。苏东坡说王摩诘诗中有画，画中有诗，就是这个意思。

论到诗与画的接近，西洋画不及中国画，论到实感的趣味的浓厚，中国画不及西洋画。中国画妙在清新，西洋画妙在浓厚；中国画的下流是清新的恶称的空虚；西洋画的下流是浓厚的恶称的重浊。请回想开头所提出的譬喻：梦境虽然荒唐，有时使人痛快；现世虽然真实，有时教人苦闷。实际的门与马固然真切而近于事实，但空手装腔也自有一种说不出的神气的妙处，不像真门与真马的笨重而杀风景。又唱戏固然超现实而韵雅，但对话也有一种深切的浓厚的趣味，不像唱戏的为形式所拘而空泛。总之，现在不是拿两种画来在分量上比较，并且也不能在分量上比较，因为东洋画与西洋画，各有其文化的背景，各有其乡土的色彩，即各有其长所与短所。如果要分量地评定其价值，那就要牵连其背景的文化与国民性的大问题，不在现在所讲的范围之内了。

　　姑且略说几句，以为结束，何以见得文化与国民性影响与绘画呢？负着数千年的文化的历史与国民性的习惯的各地的人，其血管里的血根本具有各不相同的性质。故其一举一动，都表出着其地方的个性。就是极些微的寻常茶饭之事，在明者也可从中窥见其数千年来的国民性与文化。犹之看了学校里一个小孩的服装与举动就可推知其身价及家庭的状况。假定中国风为x，西洋风为y，那么中国处处是x的，西洋处处是y的。就拿寻常茶饭之类的小事来论，长袍大袖是中国的风度，轻快短小的洋装是西洋的表象。朱栏长廊是中国格调，铁门层楼是西洋的趣味，小至水烟筒与纸烟，酌绍兴酒与吞啤酒，无不前者是x的，后者是y的。从人们心底里流出来的艺术之一种的绘画，自然更深切更明显地表出其文化与国民性的特色了。

　　　　　　　　一九二六年中秋前一周，为立达学园初中三年级生讲述

艺术三昧

有一次我看到吴昌硕写的一方字。觉得单看各笔划，并不好。单看各个字，各行字，也并不好。然而看这方字的全体，就觉得有一种说不出的好处。单看时觉得不好的地方，全体看时都变好，非此反不美了。

原来艺术品的这幅字，不是笔笔，字字，行行的集合，而是一个融合不可分解的全体。各笔各字各行，对于全体都是有机的，即为全体的一员。字的或大或小，或偏或正，或肥或瘦，或浓或淡，或刚或柔，都是全体构成上的必要，决不是偶然的。即都是为全体而然，不是为个体自己而然的。于是我想象：假如有绝对完善的艺术品的字，必在任何一字或一笔里已经表出全体的倾向。如果把任何一字或一笔改变一个样子，全体也非统统改变不可；又如把任何一字或一笔除去，全体就不成立。换言之，在一笔中已经表出全体，在一笔中可以看出全体，而全体只是一个个体。

所以单看一笔一字或一行，自然不行。这是伟大的艺术的特点。

在绘画也是如此。中国画论中所谓"气韵生动",就是这个意思。西洋印象画派的持论:"以前的西洋画都只是集许多幅小画而成一幅大画,毫无生气。艺术的绘画,非画面浑然融合不可。"在这点上想来,印象派的创生确是西洋绘画的进步。

这是一个不可思议的艺术的三昧境。在一点里可以窥见全体,而在全体中只见一个体。所谓"一有多种,二无两般"(《碧岩录》)就是这个意思吧!这道理看似矛盾又玄妙,其实是艺术的一般的特色,美学上的所谓"多样的统一",很可明了地解释,其意义:譬如有三只苹果,水果摊上的人把它们规则地并列起来,就是"统一"。只有统一是板滞的,是死的。小孩子把它们触乱,东西滚开,就是"多样"。只有多样是散漫的,是乱的。最后来了一个画家,要写生它们,给它们安排成一个可以入画的美的位置,——两个靠拢在后方一边,余一个稍离开在前方,——望去恰好的时候,就是所谓"多样的统一",是美的。要统一,又要多样;要规则,又要不规则;要不规则的规则,规则的不规则;要一中有多,多中有一。这是艺术的三昧境!

宇宙是一大艺术。人何以只知鉴赏书画的小艺术,而不知鉴赏宇宙的大艺术呢?人何以不拿看书画的眼来看宇宙呢?如果拿看书画的眼来看宇宙,必可发现更大的三昧境。宇宙是一个浑然融合的全体,万象都是这全体的多样而统一的诸相。在万象的一点中,必可窥见宇宙的全体;而森罗的万象,只是一个个体。勃雷克〔布莱克〕的"一粒沙里见世界",孟子的"万物皆备于我",就是当作一大艺术而看宇宙的吧！艺术的字画中,没有可以独立存在的一笔。即宇宙间没有可以独立存在的事物。倘不为全体,各个体尽是虚幻而无意义了。那末这个"我"怎样呢？自然不是独立存在的小我,应该融入于宇宙全体的大我中,以造成这一大艺术。

答询问口琴吹奏法诸君并TY君

近两月来,我接到十余封询问《口琴吹奏法》消息的信。今又从开明书店转来TY君的信,提及关于《音乐入门》的三个疑问之外,也询及《口琴吹奏法》消息。现在我总答复在这里。

先复询问《口琴吹奏法》诸君:

《口琴吹奏法》是黄涵秋先生编述,上海望平街开明书店印行的。现在尚在刊印中,听说不久就可出版。口琴即在开明书店兼售。其口琴听说都是经过黄先生的鉴定的。发心学习口琴的诸君,于购书时带买口琴,最为便利。口琴每只价约二元余云。

次答TY君:承询关于《音乐入门》的三个疑问,谨答复于下。

(一)这疑问中含有两层意思,今分别答复:(A)来示说:"高音部的五线谱与低音部的有什么关系?丰先生仅在讲它在披雅娜〔钢琴〕上的应用,而忽略了梵珴玲〔小提琴〕及其他的乐器。"这是因为披雅娜是最一般的,又最正大的乐器,普通学校中的音乐科,总用披雅娜(风琴同)。西洋历来的大音乐家,差不多十分之八九是披雅娜家，就是梵哦玲家等，其最初亦必是习披雅娜的。这只要一翻音乐家传，即可证明。还有更重要的原因：发心学音乐的人，最初先要理解音乐所用的各音（即音阶上各音）在谱表上怎样记录，而音乐上所用各音最分别清楚的莫如有键乐器（披雅娜与风琴），因为它们以一块小板管一个音，音乐需要七八十个高低不同的音，它们竟齐备七八十块小板，其分别再清楚没有了。回顾别的乐器，例如梵哦玲，只有四根光光的弦线，全靠手指去摸出音的位置来，又如喇叭类，也全靠嘴上分别各音。所以拿有键乐器来说明各音在谱表上的位置，最为便利。故谱表与梵哦玲等的关系，懂了谱表与披雅娜的关系之后，自能悟得。不然，在第一百五十八页上的图也可聊供参考。惟此书系音乐的最初步的知识，且篇幅有限，要说明各种乐器，收罗得十分详尽，势有所不可能，亦无必要。且初学音乐，总是习唱歌，弹风琴或披雅娜的，极少有最初就拉梵哦玲，或吹喇叭等者。故在《音乐入门》的名目之下，似乎不妨尽管讲披雅娜上的应用。况且这书，其实是我从前教中学音乐时的讲义（在序文中说明着），故当然以学生的音乐为标准。不过一般人的学音乐，仍逃不出学生的学习法，所以不妨作为音乐入门。（B）来示说："而且翻开Volga Boatman's Song〔伏尔加船夫曲〕来看，高音部与低音部两五线谱是每小节都同时有音符的——这层丰先生未曾说及，害我猜了许久。"这在第三十七页末行起的一段中说明着。例如就披雅娜说，右手弹高音部谱表上的音，左手弹低音部谱表上的音乐，可知当然是"两五线谱每小节都同时有音符的",决不会左右两手交互轮流而弹奏。不过我以为这是当然的事,故不曾特别提出来说,害先生猜了许久,实在是很抱歉的。我忘记说了这样一段话:"弹披雅娜是两手同时弹奏,且左手所奏的音与右手所奏的音不同(普通小学生弹风琴,两手所弹相同,是浅薄的弹法,不是正式的器乐),所以要用两只五线谱重叠起来,上面的高音部谱表上记录右手所弹的音,下面的低音部谱表上记录左手所弹的音。"先生说"四版时可添附一章,作为遗补",但这补遗似乎分量太少,且不甚必要(因为不但Volga Boatman,一切披雅娜曲都如此),不便特为添设一章。将来四版时在相当之处添入几句,或者可以。对于先生希望这书完全的好意,我很感谢!又承询及两谱表每小节同时有音符,是否同中乐中的"花子"一样?"花子"是什么?我不详悉,以致未能解答,甚歉!

（二）来示说:"逢长音阶变调时,各音符的相差的音的距离说,是必须变动的;但不知披雅娜之外,其他乐器的奏演上有什么关系?"这疑问意思不十分明了。只得笼统答复:一国或一地的音阶是一定的,其一切乐器的音阶皆相同。即一切乐器以同一的音阶为标准而构造,故可以合奏而为"管弦乐"(orchestra)。上文"距离"两字恐是"地位"两字之误,不知然否?

（三）来示说:"梵哦玲所奏的指法如何能从五线谱上推测出来呢?"请看一百五十八页最上面的一图;例如第四弦放弦为G(sol)音,即可知食指搭上去是A(la)音,中指搭上去是B(si)音……只要认定四个放弦的音在五线谱上的地位，即可知五线谱上无论哪一音符都有一定的手指了。我记得似乎不曾说过"梵哦玲指法可从五线谱上推测"的话（然而并未查过书），然这话道理亦说得过去。

把开明当作电话机，长谈你我二人的事情，实在对不起其他的读者！我本想写信寄回给先生，奈来示不曾注明通信处，只得在此地答复了。我的通信处是"上海江湾立达学园"。以后如有赐教，请直接写信给我。

美与同情

有一个儿童，他走进我的房间里，便给我整理东西。他看见我的表面合覆在桌子上，给我翻转来。看见我的茶杯放在茶壶的环子后面，给我移到口子前面来。看见我床底下的鞋子一顺一倒，给我掉转来，看见我壁上的立幅的绳子拖出在前面，搬了凳子，给我藏到后面去，我谢他：

"哥儿，你这样勤勉地给我收拾！"

他回答我说：

"不是，因为我看了那种样子，心情很不安适。"是的，他曾说："表面合覆在桌子上，看它何等气闷！""茶杯躲在它母亲的背后，教它怎样吃奶奶？""鞋子一顺一倒，教它们怎样谈话？""立幅的辫子拖在前面，像一个鸦片鬼。"我实在钦佩这哥儿的同情心的丰富。从此我也着实留意于东西的位置，体谅东西的安适了。它们的位置安适，我们看了心情也安适。于是我恍然悟到，这就是美的心境，就是文学的描写中所常用的看法，就是绘画的构图上所经营的问题。这都是同情心的发展。普通人的同情只能及于同类的人，或至多及于动物，但艺术家的同情非常深广，与天地造化之心同样深广，能普及于有情非有情的一切物类。

我次日到高中艺术科上课，就对她们作这样的一番讲话：

世间的物有各种方面，各人所见的方面不同。譬如一株树，有博物家，在园丁，在木匠，在画家，所见各人不同，博物家见其性状，园丁见其生息，木匠见其材料，画家见其姿态。

但画家所见的，与前三者又根本不同：前三者都有目的，都想起树的因果关系，画家只是欣赏目前的树的本身的姿态，而别无目的。所以画家所见的方面，是形式的方面，不是实用的方面。换言之，是美的世界，不是真善的世界。美的世界中的价值标准与真善的世界中全然不同。我们仅就事物的形状色彩姿态而欣赏，更不顾问其实用方面的价值了。所以一枝枯木，一块怪石，在实用上全无价值，而在中国画家是很好的题材。无名的野花，在诗人的眼中异常美丽。故艺术家所见的世界，可说是一视同仁的世界，平等的世界。艺术家的心，对于世间一切事物都给以热诚的同情。

故普通世间的价值与阶级，入了画中便全部撤销了。画家把自己的心移入于儿童的天真的姿态中而描写儿童，又同样地把自己的心移入于乞丐的病苦的表情中而描写乞丐。画家的心，必常与所描写的对象相共鸣共感，共悲共喜，共泣共笑，倘不具备这种深广的同情心，而徒事手指的刻划，决不能成为真的画家。即使他能描画，所描的至多仅抵一幅照相。

画家须有这种深广的同情心，故同时又非有丰富而充实的精神力不可。倘其伟大不足与英雄相共鸣，便不能描写英雄，倘其柔婉不足与少女相共鸣，便不能描写少女。故大艺术家必是大人格者。

艺术家的同情心，不但及于同类的人物而已，又普遍地及于一切生物无生物，犬马花草，在美的世界中均是有灵魂而能泣能笑的活物了。诗人常常听见子规的啼血，秋虫的促织，看见桃花的笑东风，蝴蝶的送春归，用实用的头脑看来，这些都是诗人的疯话。其实我们倘能身入美的世界中，而推广其同情心，及于万物，就能切实地感到这些情景了。画家与诗人是同样的，不过画家注重其形色姿态的方面而已。没有体得龙马的泼力，不能画龙马，没有体得松柏的劲秀，不能画松柏。中国古来的画家都有这样的明训。西洋画何独不然？我们画家描一个花瓶，必其心移入于花瓶中，自己化作花瓶，体得花瓶的力，方能表现花瓶的精神。我们的心要能与朝阳的光芒一同放射，方能描写朝阳；能与海波的曲线一同跳舞，方能描写海波。这正是"物我一体"的境涯，万物皆备于艺术家的心中。

为了要有这点深广的同情心，故中国画家作画时先要焚香默坐，涵养精神，然后和墨伸纸，从事表现。其实西洋画家也需要这种修养，不过不曾明言这种形式而已。不但如此，普通的人，对于事物的形色姿态，多少必有一点共鸣共感的天性。房屋的布置装饰，器具的形状色彩，所以要求其美观者，就是为了要适应天性的缘故。眼前所见的都是美的形色，我们的心就与之共感而觉得快适；反之，眼前所见的都是丑恶的形色，我们的心也就与之共感而觉得不快。不过共感的程度有深浅高下不同而已。对于形色的世界全无共感的人，世间恐怕没有；有之，必是天资极陋的人，或理知的奴隶，那些真是所谓"无情"的人了。

在这里我们不得不赞美儿童了。因为儿童大都是最富于同情的，且共同情不但及于人类，又自然地及于猫犬、花草、鸟蝶、鱼虫、玩具等一切事物，他们认真地对猫犬说话，认真地和花接吻，认真地和人像〔玩偶，娃娃〕(doll)玩耍，其心比艺术家的心真切而自然得多！他们往往能注意大人们所不能注意的事，发现大人们所不能发见的点。所以儿童的本质是艺术的。换言之，即人类本来是艺术的，本来是富于同情的。只因长大起来受了世智的压迫，把这点心灵阻碍或消磨了。惟有聪明的人，能不屈不挠。外部即使饱受压迫，而内部仍旧保藏着这点可贵的心。这种人就是艺术家。

西洋艺术论者论艺术的心理，有"感情移入"之说。所谓感情移入，就是说我们对于美的自然或艺术品，能把自己的感情移入于其中，没入于其中，与之共鸣共感，这时候就经验到美的滋味。我们又可知这种自我没入的行为，在儿童的生活中为最多。他们往往把兴趣深深地没入在游戏中，而忘却自身的饥寒与疲劳。圣书中说：你们不像小孩子，便不得进入天国。小孩子真是人生的黄金时代！我们的黄金时代虽然已经过去，但我们可以因了艺术的修养而重新面见这幸福,仁爱,而和平的世界。

十八〔1929〕年九月廿八日为松江女中高中一年生讲述

眼与手

凡美术修养，都是眼与手的磨练。例如学图画先用眼感得了，然后用手表出。故学图画就是练习眼光与手腕。

欧阳修说："作文有三多，多读多作多商量。"在图画上也是同样，不过思索的读换了感觉的看。即"图画有三多，多看多描多商量"。

看有两种，一是查看自然之姿态，即平心静气，用谦恭的态度而静静地观察自然界的微妙的美。二是参看名家或先进者的作品，即观摩他人的表现方法，以资自己的参考，但又不是模仿。

但自然物与艺术品，都含有深刻微妙的神秘性，不是凡有眼的人都能同样地看见的。这好比一面镜子，各人对镜，因自己的相貌的美丑而所见各不相同。例如一盘苹果，在现代法国的大画家塞尚痕（Cézanne）〔塞尚〕能发见自然的生命，但在卖水果的人只看见几个铜板，在馋食的小儿只觉得垂涎。又如冬尽春归，早梅乍萼，在诸位看见了觉得有无限的欢喜与生意，可以画一幅图画或做几首新诗；

但在一种无知识的市井鄙夫,就茫然无所感觉。因为诸位读过书,有了修养,知道青春的可贵,芳菲的可爱,故能在梅萼中看出无限的美感与生意;无知的市井鄙夫虽然同样地有一双眼睛,却梦也不能见到这些微妙的事。

这样说来,看的修养就是吾人的精神的修养,眼的锻炼就是吾人的人格的锻炼。换言之,吾人的眼有两副,即肉眼与心眼。图画所用的眼,正是心眼。看自然物与看艺术品,都要用我们的心眼。而心眼的练习,就非常广泛。诸位在学校里读书,求学问,养品性,可说全部是心眼的练习。故所谓"多看多描多商量"的看,所用的不是肉眼而是心眼。倘然不事心眼的修养而仅用肉眼,无论你游遍了天下一切名山大川,看遍了世间一切大美术馆,犹之不看,于美术修养上全无裨益。

讲到描,这是我们对于自然美感动后的发表。因了发表,而感动更加切实,更加深刻了,所以要"多描"。在专门的画家,当然以描为主要目的;但在普通学生,宁可说描画是美感涵养的一种手段。因为我们的图画课,目的并不在于产出画幅,而在于修得对于形色的美恶的辨别力,而美化全般的生活。不过因为描与看有互相补助的关系,所以要多描。上图画课,便是描的练习的时间。但须平心静气地、谦逊地、忠实地描写对于自然所感得的美,却不在于所描成的一幅画。我们不要得这幅画,但要得这两小时间的实习。实习是主目的,这幅画是副产物,保存它固然好,不保存也无妨,故所谓"多描"，是说描的时间多，不是描的画幅多。前述的现代法国大画家塞尚痕，一天到晚，不绝地描画，稍不满意，就把画塞在火炉里，不塞在火炉里的，也只抛弃在身旁。一经脱稿，不再回顾。他的友人们常给他收拾，保存，或从火炉口中拦夺他所要烧毁的画幅。这些就是今日流传于全世界上的名画。塞尚痕的作画的态度，真是千古的模范！

专门的画家尚且如此，普通学生岂可抱了功利的心而学图画？从前有一个好学的青年，拿了一册装订精美的自己的图画成绩，去请一位见解精深的先生指教。先生翻开他的成绩来看，见他描得十分工致，可是所描的大半是从画帖，甚至香烟牌子上临摹来的；即有几幅写生画，也是刻划难堪的机械工作，全然不是从美的感动而来，全然不是自然的忠实的写生。先生看了，一时对他无言可说。那青年得意扬扬地静候先生的指教，他料想起来多半是褒美，因为他画了这样工致的一大册。可是先生尽管默默不语。青年不耐烦了，开口问道："先生，请指教，我的画如何？"先生仰起头来，看见玻璃窗上一只苍蝇，正嗡嗡地在玻璃上钻，努力想飞出去。先生就指着这苍蝇说道："你的画同这苍蝇一样。它十分努力，一心想到庭中去飞翔，但不知道有玻璃在拦阻它的前程。所以它的努力完全是徒劳！它已经钻了好久的工夫，然而一步也不曾走进庭中。你也十分努力，一心想到艺术的殿堂中去遨游；可惜走错了方向。你积年累月地描了这一大册，然而一步也不曾跨进艺术的殿堂。"那青年听了这话，脸色立刻青白了，没精打采地挟了那画册回家而去。

这青年是抱了功利的思想而描画的人。功利的念头犹之那块窗玻璃，在拦阻他的前程。我说学图画要"多描"，但切不可像那个青年那样地多描。诸位中倘有用过这青年那种工夫的人——例如注重成绩，欢喜小成，或醉心于名誉；因而不耐忠实的写生，专好依赖他人的作品，而从事刻划临摹——务请立刻觉悟。打破那拦阻在你前面的玻璃。不然，就同那只苍蝇一样了。

眼多看，手多描，是图画练习的主要工夫。此外还要"多商量"。那个青年挟了画册请先生指教，便是商量。倘这青年有悟性，听了这先生的逆耳的忠言而悔悟了，从此改变其描画的态度，因而探得了正当的门径，这便是从商量而得到的益处。诸位阅读我这美术讲话，也是一种商量。万一我这些话对于世间的学生们的图画课业上有了一些影响，则我虽不能帮助诸位的图画练习的主要工夫，尚可效辅助之劳，不算白白地占了许多篇幅。

上面已把图画上的眼与手的练习说过了。世间人们的眼与手的美术的修养，有深有浅，各人不同，因而眼与手的能力的高下也有各种形式。约计之，不外四种：

一、眼高手高

二、眼高手低

三、眼低手高

四、眼低手低

第一种，眼高手高，当然是艺术修养最深的人。自来的大画家，大美术家，都是属于这类的。他们有伟大的人格与高远的眼光，能窥察天地的心，同时又有微妙的手腕，能够表现宇宙的真相。例如米叶〔米勒〕（Millet），有强大的宗教心，卓越的人格。故能不受当时法兰西的贵族艺术的诱惑，而独自发见平凡的伟大，与自然的美趣。不顾世人的嘲笑与饥寒的交迫，而独自运用其坚秀的画笔，以描写农人的生活与田园的风景。所以他是近代绘画的始祖。又如塞尚痕，有热烈的主观，坚强的个性，故能在自然物中发见形体与色彩的独立性。不为当时盛行的印象派所诱惑，决然舍弃了裕福的银行业，而没头在形与色的研究中。终于用了他的力强的手腕，在静物画中创造了形与色的独立的世界。所以他是现代新兴艺术之父。

第四种，眼低手低，与第一种正反对，不消说是艺术修养最低陋的人了。那种人对于美术，既不会鉴赏，又不能创作。实在是与艺术无缘的人。这种人大概过于执着于理知，或萦心于利害。故其头脑完全理知化，而生活枯寂无聊。他们对于周身的事物，但求利于实用，而不讲形式。他们的生活，只有打算，而没有趣味。他们欢喜种菜，不欢喜种花；欢喜养鸡，不欢喜养鸟。这种人在世间，只可派他们做一种机械的工作，实在不可请他主掌某种事业。他们只能做车站里的售票人，或邮政局里的邮务员，但不可请他们当站长或局长。因为在文化生活的社会中，美感是何等重大的要素！故凡一个机关的主宰者，必须具有审美的眼光，与对于人生的丰富的趣味，方能适合于文化生活的社会。

眼与手

第二种与第三种，孰优孰劣？我们要费心较量一下了。

眼高手低者，眼的修养丰富而手的练习缺乏。即精神的修养多而技术的练习少。即能赏识艺术，而不能描画，文人便是其例。他们所研究的文学也是艺术，他们大都富于精神的修养，有高尚的眼识，与风雅的趣味。他们虽不执笔描画，但对于形色的世界都有情缘。有的欢喜写字，有的欢喜刻印。他们在书法金石上吐露着其极精微的美术心。所以他们对于画，大都能赏鉴。但是他们到底不曾受过专门美术的基本的训练，故其赏鉴力必有一个限度。关于技术上的事，例如色彩的谐调，线的势力，形状的感情，笔致（Touch）的情味等，到底是专门的工夫，不是Dilettante〔艺术爱好者〕所能深入的境地。但他们能着眼于画的意味、风韵、气品、趣致，故其绘画鉴赏大体是不错的。

眼低手高者反之，眼的修养缺乏而手的练习纯熟。即精神的修养少而技术的练习多。即能描画而不能赏识艺术。画壁上广告的漆匠司务便是其例。他们并无何等非凡的抱负，也无何等伟大的人生观、艺术观，不过是一个职业的画工，全为了生计而描画。但他们大都略具感觉的天才，对于形色有敏巧的手腕，能描得十分逼真。试看西洋的杂志上的广告画，颇有几幅惹眼的作品。然而仔细一看，即可知其为表面的手上的模仿，与心灵是全无交涉的。上海各马路上的广告牌中，尽有几幅惹眼的画（大都是西洋漆匠画的），也是这一类的东西。

115

严格地说来，在美术上，眼与手是相连关的。眼不能离了手而独进，手亦不能离了眼而自高。上文所谓眼高手低，或眼低手高，原是比较的说法。即文人对于画，眼力比手力高；漆匠司务对于画，手力比眼力高。文人与漆匠司务，在美术上孰优孰劣？现在我们可以来评判一下：

原来眼与手，在美术上的性质与地位不是同等的。眼是感受的，手是表出的。故眼是主动的，手是助成的。眼的修养是人生全部的精神的修养，手的练习是一部分的技术的练习。这样想来，眼高手低应比眼低手高为合理。因为照理，手低的人眼尽可高；而眼低的人手决不能高。所以文人虽不弄丹青，而"诗中有画"，漆匠司务虽日事描摹，而其去画家几甚远也。

美术修养	眼高手高	眼高手低	眼低手高	眼低手低
精神修养	深	深	浅	浅
技术修养	深	浅	深	浅

诸君在学校里学习图画，在上表中应占居哪一格的位置？第四格不必说，最好当然是占居第一格，以大画家为模范。——诸君是普通学校的学生，非专业的美术研究者，在分量上当然不能拟大画家。但在性质上必须取法大画家。你们的图画须是你们的审美心的表现，人生观的发露。详言之，你们要平心静气，用忠实谦恭的态度，仔细地观察自然美；心中有了感动，然后拿起笔来描画。你们的画虽然不

如米叶与塞尚痕,但你们的态度同他们一样伟大了。万一不能取第一格,则莫如取第二格,但切勿取第三格。我情愿见你们不上图画课,不描画;但不愿见你们像前述那个青年的描画。因为不上图画课,不描画,我还可希望你们占居第二格;倘像前述那个青年的描画,我就眼见你们变成一个小漆匠了。

一九二九年十一月,立达学园初中图画月话栏

我的学画

前几天我接到我的族姐从石湾（我的故乡）寄来的一封信，信上写着"至急"，字旁又打着双圈。我拆开一看，是我的姐丈的死耗，信内并附着一张死者的四寸全身照片。我的族姐在信上写着："今定于月之廿七日开吊。灵前容像未备。素知吾弟擅长此道，今特奇奉遗容一尊，即请妙笔一挥，早日惠下……"

我闻耗之下，一面去信吊慰，一面把照片交送照相馆放大为二十四寸的。并拟将来配好镜框，托便人送去，以慰残生的族姐。原来我和这族姐久已疏远了。我幼时在石湾的小学校读书的时候，常常和她见面。那时我课余欢喜画照相，常常把亲戚们的照相打格子放大，用擦笔描写，因此便以善画容像闻名于故乡的老亲戚间。自从十七岁上离开故乡以后，我一直流宕在他县，至多在假期中回乡一次。我十七岁以后的生活，故乡的老亲戚们大都不知道了。这族姐便是老亲戚中之一人，在她的心目中所记到的我，还是一个善画擦笔容像的人，所以这次我的姐丈逝世，她便遥遥地把照相寄来嘱我画像。

实则我此调不弹者已二十余年。心中颇想回复我的童年生活，遵从族姐之命而为已故的姐丈画像，但我早已没有擦笔画用的家伙，又没有描放大照相的腕力与目力，更没有描这种画的心情与兴味了。所以只得托照相馆去代劳。

因此我回想起了我幼时学画的经历，这原是盲从乱钻的，但不妨在豆棚纳凉时当作闲话讲讲。

我在十一二岁时就欢喜"印"《芥子园画谱》。所谓"印"，并不是开印刷厂来翻印那画谱，就是用一张薄薄的纸盖在《芥子园》上面，用毛笔依照下面的影子而描一幅画。这真是所谓"依样画葫芦"。但那时我也十分满足，虽然是印的，但画中笔笔都曾经过我的手，似乎不妨说是"我的画"了。《芥子园》是单色的画谱，我则在印下来的画上，自己着了色彩。在这工作上我颇感一些兴味，因此印得愈加起劲。我们店里的管账先生本是一个肖像画师，他极口赞叹我所印的画，对我母亲说："十来岁的孩子能描出这样的画，着实可以！"我得这画师的赞，津津自喜。看看自己印下来的成帙的画，自己也觉得"着实可以"了。

后来我在亲戚家里看到了放大尺和玻璃格子的妙用。就立刻抛弃印的故技，去采办这种新工具来试行新的描法。放大尺是两个十字形木条拼成的器械。把这器械钉住在桌子上，一端装一个竹针，他端装一支铅笔，一端的竹针依着了照片或图画原稿而移行，他端的铅笔就会在纸上描出放大的形象来。各部比例照样不差，容像的面貌可以维妙维肖。这种放大尺现在上海城隍庙里的摊头上只卖一个角子一具，但我幼时求之颇不易得，曾费了不少的周折而托人向外埠购到。又有所谓玻璃格子，比放大尺更为精确了。这是教科书大小的一个玻璃框子，玻璃上面涂一层极透明的胶质，胶质上画着极正确的细方格子，用时把照相装入框内，使玻璃上的格子线切着颜貌的各部，再在另一张纸上用铅笔打起大型的格子来。然后仔细观察玻璃上各格子中的形象，把它们移描到画纸上的大格子里去。逐格描完，画纸上就现出正确的放大的容貌了。这两种画法，比之以前的"印"复杂得多，兴味也好得多，我自以为我的画进步了，逢人就问他要照片来放大，以显示我的本领。我家的老亲戚们都寻出家里藏着的照片来叫我画，老年的人叫我画一幅像，预备百年后灵前应用。少年的人也叫我画一幅像，挂在书房间里。逢到亲戚朋友家中死了一个人，画容像的差使"舍我其谁"？于是店里管账先生引我为后进的同志，常常和我谈画法，他指导我说：描容像"用墨如用金，用金如用墨"（但他所指说的是他所擅长的中国旧式容像画，所以要多用金。我所描的是煤炭擦笔画，根本没有金，所以我不懂他的画理）。他又拿出所藏的《百面图》给我看，告诉我说，容像有七分面，八分面，以至十分面（但我是惟照相是依的，并不要自造几分面，对于这话也不感到兴味）。他看见我不甚了解他的画理，得意地说："我说的是古法，你描的是新派。新派也好，你描得着实可以了。"我受许多亲友的请托，又受这前辈画家的称赞，自己也觉得"着实可以"了。到了二十年后的今日，还有我的族姐从五百里外遥遥地寄照相来叫我画，正可证明我当时画像本领的"着实可以"了。

后来我入中等学校，没有工夫再弄这花样。又因离开了故乡，画像的生意也不来了。但在学校内我又新学到了一种画法，便是临画。我们翻开商务印书馆出版的《铅笔画临本》中某一幅来，看一笔描一笔。不许印，也不许用放大尺或格子，全凭目力来测量，腕力来摹写。这在我认为是更进步的画法，无可假借的了。描起来原要费力得多，但描成了的欢喜也比前人得多，以前印出来的尚且不妨当作自己的画，现在辛辛苦苦地临出来的，简直可说是"我的画"了。先生教我们如此描写，数百同学个个如此学习。我到此才看见画道的广大，恍然觉悟从前的印，放大尺和格子，都等于儿戏；现在所画的才是"真刀真枪"的画法了。

后来我们学写生画了。先生在教室中放置一个纯白色的石膏头像，叫我们看着了用木炭描写。除了一张纸，一根木炭，一块当橡皮用的面包以外，并无何种临本给我们看。这最初在我觉得非常困难，要把立体的形状看作平面形而移写在一片纸上，真是谈何容易的事！我往往对着石膏模型，茫茫然不知从哪一笔画起。但后来也渐渐寻出门径，渐渐能把眼睛装出恍惚的看法：想象眼前的物体为一片平面的光景，观察各部形状的大小，光线的明暗，和轮廓的刚柔，而把这般光景用木炭写出在纸上，于是又觉"今是昨非"；以前的临画在现在看来，毫无意义。我们何必临摹他人的画？他人也是观察了实物而画出来的，我们何不自己来观察实物而直接作画呢？直接作的画才是"创作"，才有艺术的价值。艺术是从自然产生的，绘画必须忠实写生自然，方能成为艺术。从此我把一切画册视同废纸，我确信学画只需"师自然"，仔细观察，仔细描写，笔笔以自然实物为根据，不许有一笔杜撰。不合自然实际的中国画，我当时曾认为是荒唐的画法而痛斥它。

我的学画至此而止，以后我便没有工夫描写，而仅看关于描画的书。我想看看书再画，但越看书越不会再画了。因为我回顾以前逐次所认为"今是昨非"的画法，统统是"非"的。我所最后确信的"师自然"的忠实写生画法，其实与我十一二岁时所热中的"印"《芥子园画谱》，相去不过五十步。前者是对于《芥子园》的依样画葫芦，后者是对于实物的依样画葫芦，我的学画，始终只是画得一个葫芦！葫芦不愿再画下去，非葫芦的画不出来，所以我只好读读书，看看别人的画罢休了。逢到手痒起来，就用写字的毛笔随便涂抹，但那不能算是正格的绘画的。

廿一〔1932〕年七月于上海法租界雷米坊，

为开明函授学校《学员俱乐部》作

儿童与音乐

儿童时代所唱的歌,最不容易忘记。而且长大后重理旧曲,最容易收复儿时的心。

我总算是健忘的人,但儿时所唱的歌一曲也没有忘记。我儿时所唱的歌,大部分是光绪末年商务出版的沈心工编的小学唱歌。这种书现在早已绝版,流传于世的也大不容易找求。但有不少页清楚地印刷在我的脑中,不能磨灭。我每逢听到一个主三和弦(do,mi,sol)继续响出,心中便会想起儿时所唱的《春游》歌来。

  云淡风轻,微雨初晴,假期恰遇良辰。
  既栉我发,既整我襟,出游以写幽情。
  绿阴为盖,芳草为茵,此间空气清新。(下略)

现在我重唱这旧曲时只要把眼睛一闭,当时和我一同唱歌的许多小伴侣的姿态便会一齐显现出来:在阡陌之间,携着手踏着脚大家挺直嗓子，仰天高歌。有时我唱到某一句，鼻子里竟会闻到一阵油菜花的香气，无论是在秋天，冬天，或是在都会中的房间里。所以我无论何等寂寞，何等烦恼，何等忧惧，何等消沉的时候，只要一唱儿时的歌，便有儿时的心出来抚慰我，鼓励我，解除我的寂寞，烦恼，忧惧和消沉，使我回复儿时的健全。

又如这三个音的节奏形式一变，便会在我心中唤起另一曲《励学》歌来（因为这曲的旋律也是以主三和弦的三个音开始的）。

> 黑奴红种相继尽，唯我黄人酣未醒。
> 亚东大陆将沉没，一曲歌成君且听。
> 人生为学须及时，艳李秾桃百日姿。（下略）

我们学唱歌，正在清朝末年，四方多难，人心乱动的时候。先生费了半个小时来和我们解说歌词的意义。慷慨激昂地说，中国政治何等腐败，人民何等愚弱，你们倘不再努力用功，不久一定要同黑奴红种一样。先生讲时声色俱厉，眼睛里几乎掉下泪来。我听了十分感动，方知道自己何等不幸，生在这样危殆的祖国里。我唱到"亚东大陆将沉没"一句，惊心胆跳，觉得脚底下这块土地真个要沉下去似的。

所以我现在每逢唱到这歌，无论在何等逸乐，何等放荡，何等昏迷，何等冥顽的时候，也会警惕起来，振作起来，体验到儿时的纯正

儿童与音乐

热烈的爱国的心情。

每一曲歌，都能唤起我儿时的某一种心情。记述起来，不胜其烦。诗人云："瓶花妥帖炉烟定，觅我童心二十年。"我不须瓶花炉烟，只消把儿时所唱的许多歌温习一遍，二十五年前的童心可以全部觅得回来了。

这恐怕不是我一人的特殊情形。因为讲起此事，每每有人真心地表示同感。儿时的同学们同感尤深，有的听我唱了某曲歌，能历历地说出当时唱歌教室里的情况来，使满座的人神往于美丽的憧憬中。这原是为了音乐感人的力至深至大的原故。回想起来，用音乐感动人心的故事，古今东西的童话传说中所见不可胜计，爱看童话的小朋友们，大概都会讲出一两个来的吧。

因此我惊叹音乐与儿童关系之大。大人们弄音乐，不过一时鉴赏音乐的美，好像喝一杯美酒，以求一时的陶醉。儿童的唱歌，则全心没入于其中，而终身服膺勿失。我想，安得无数优美健全的歌曲，交付与无数素养丰足的音乐教师，使他传授给普天下无数天真烂漫的童男童女？假如能够这样，次代的世间一定比现在和平幸福得多。因为音乐能永远保住人的童心。而和平之神与幸福之神，只降临于天真烂漫的童心所存在的世间。失了童心的世间，诈伪险恶的社会里，和平之神与幸福之神连影踪也不会留存的。

廿一〔1932〕年九月十三日，为《晨报》作。病中口述，陈宝笔录

绘画与文学

回想过去的所见的绘画，给我印象最深而使我不能忘怀的，是一种小小的毛笔画。记得二十余岁的时候，我在东京的旧书摊上碰到一册《梦二画集·春之卷》。随手拿起来，从尾至首倒翻过去，看见里面都是寥寥数笔的毛笔sketch〔速写〕。书页的边上没有切齐，翻到题目《Classmate》的一页上自然地停止了。我看见页的主位里画着一辆人力车的一部分和一个人力车夫的背部，车中坐着一个女子，她的头上梳着丸发（marumage，已嫁女子的髻式），身上穿着贵妇人的服装，肩上架着一把当时日本流行的贵重的障日伞，手里拿着一大包装潢精美的物品。虽然各部都只寥寥数笔，但笔笔都能强明地表现出她是一个已嫁的贵族的少妇。她所坐的人力车，在这表现中也是有机的一分子：在东京，人力车不像我们中国上海的黄包车一般多而价廉，拉一拉要几块钱，至少也要大洋五角。街道上最廉价而最多的，是用机械力的汽车与电车，人力车难得看见。坐人力车的人，不是病人便是富人。这页的主位中所绘的，显然是一个外出中的贵妇人——她大约是从邸宅坐人力车到三越吴服店里去购了化妆品回来，或者是应了某伯爵夫人的招待，而受了贵重的赠物回来？但她现在正向站在路旁的另一个妇人点头招呼。这妇人画在人力车夫的背与贵妇人的膝之间的空隙中，蓬首垢面，背上负着一个光头的婴孩，一件笨重的大领口的叉襟衣服包裹了这母子二人。她显然是一个贫人之妻，背了孩子在街上走，与这人力车打个照面，脸上现出局促不安之色而向车中的女人招呼。从画题上知道她们两人是 classmate（同级生）。

我当时便在旧书摊上出神。因为这页上寥寥数笔的画，使我痛切地感到社会的怪相与人世的悲哀。她们两人曾在同一女学校的同一教室的窗下共数长年的晨夕，亲近地、平等地做过长年的"同级友"。但出校而各自嫁人之后，就因了社会上的所谓贫富贵贱的阶级，而变成像这幅画里所示的不平等与疏远了！人类的运命，尤其是女人的运命，真是可悲哀的！人类社会的组织，真是可诅咒的！这寥寥数笔的一幅小画，不仅以造形的美感动我的眼，又以诗的意味感动我的心。后来我模仿他，曾作一幅同题异材的画。

我不再翻看别的画，就出数角钱买了这一册旧书，带回寓中去仔细阅读。因为爱读这种画，便留意调查作者的情形。后来知道作者竹久梦二是一位专写这种趣味深长的毛笔画的画家，他的作品曾在明治末叶蜚声于日本的画坛，但在我看见的时候已渐岑寂了。他的著作主要者有《春》《夏》《秋》《冬》四册画集，但都已绝版，不易购得，只能向旧书摊上去搜求。我自从买得了《春之卷》以后，到旧书摊寻便随时留心，但没有搜得第二册我就归国了。友人黄涵秋兄尚居留东京，我便把这件事托他。他也是爱画又爱跑旧书摊的人，亏他办齐了《夏》《秋》《冬》三册，又额外地添加了《京人形》《梦二画手本》各一册，从东京寄寓居到上海的我的手中。我接到时的欢喜与感谢，到现在还有余情。

　　这是十年前的事。到现在，这宗书早已散失。但是其中有许多画，还留下深刻的印象在我的脑中，使我至今不曾忘怀。倘得梦二的书尚在我的手头，而我得与我的读者促膝晤谈，我准拟把我所曾经感动而不能忘怀的画一幅一幅地翻出来同他共赏。把画的简洁的表现法，坚劲流利的笔致，变化而又稳妥的构图，以及立意新奇，笔画雅秀的题字，一一指出来给他看，并把我自己看后的感想说给他听。但这都是不可能的事。看画既不可能，现在我就把我所不能忘怀的画追忆出几幅来讲吧。古人有"读画"之说，我且来"讲画"吧。

　　记得有一幅，画着一片广漠荒凉的旷野，中有一条小径迤逦地通到远处。画的主位里描着一个中年以上的男子的背影，他穿着一身工人的衣服，肩头上打着一个大补丁，手里提一个包，伛偻着身体，急急忙忙地在路上向远处走去。路的远处有一间小小的茅屋，其下半部已沉没在地平线底下，只有屋顶露出。屋旁有一株被野风吹得半仆了的树，屋与树一共只费数笔。这辛苦的行人，辽阔的旷野，长长的路，高高的地平线，以及地平线上寥寥数笔的远景，一齐力强地表现出一种寂寥冷酷的气象。画的下面用毛笔题着一行英文：To His

Sweet Home〔回可爱的家〕，笔致朴雅有如北魏体，成了画面有机的一部分而融合于画中。由这画题可以想见那寥寥数笔的茅屋是这行人的家，家中有他的妻、子、女，也许还有父、母，在那里等候他的归家。他手中提着的一包，大约是用他的劳力换来的食物或用品，是他的家人所盼待的东西，是造成sweet home〔可爱的家〕的一种要素。现在他正提着这种要素，怀着满腔的希望而奔向那寥寥数笔的茅屋里去。这种温暖的盼待与希望，得了这寂寥冷酷的环境的衬托，即愈加显示共温暖，使人看了感动。

又记得一幅画，主位里画着两个衣衫褴褛的孩子的背影。一个孩子大约十来岁，手中提着一包东西。另一个孩子是他的弟弟，比他矮一个头。兄弟两人挽着手臂，正在向前走去。前方画一个大圆圈，圆圈里面画着一带工场的房屋，大烟囱巍然矗立着，正在喷出浓浓的黑烟，想见这里面有许多机械正在开动着，许多工人正在劳动着。又从黑烟的方向知道工场外面的路上风很大。那条路上别无行人，蜿蜒地通达圆圈的外面，直到两个孩子的脚边。孩子的脚边写着一行日本字：Tosan no obento（爸爸的中饭），由画题知道那孩子是送中饭去给在工场里劳作的父亲吃的。他们正在鼓着勇气，冒着寒风，想用那弱小的脚步来消灭这条长路的距离，得到父亲的面前，而用手中这个粗米的饭团去营养他那劳作的身体。又可想见这景象的背后还有一个母亲，在那里辛苦地料理父亲的劳力所倡办着的小家庭。这两个孩子衣服上的补丁是她所手缝的，孩子手中这个饭团也是出于她的手制的。人间的爱充塞了这小小的一页。

又记得一幅画，描着一个兵士，俯卧在战地的蔓草中。他的背上装着露宿所必需的简单的被包，腰里缠着预备钻进同类的肉体中去的枪弹，两腿向上翘起，腿上裹着便了迫杀或逃命的绑腿布，正在草地中休息。草地里开着一丛野花，最大的一朵被他采在手中，端在眼前，正在受他的欣赏。他脸上现着微笑，对花出神地凝视，似已暂时忘却行役的辛苦与战争的残酷；他的感觉已被这自然之美所陶醉，他的心已被这"爱的表象"所占据了。这画的题目叫做《战争与花》。岑参的《九日》[①]诗云："强欲登高去，无人送酒来。遥怜故园菊，应傍战场开。"战场与菊，已堪触目伤心。但这幅画中的二物，战场上的兵士与花，对比的效果更加强烈。

又记得一幅画，是在于某册的卷首的，画中描着一片广大的雪地，雪地上描着一道行人的脚迹，自大而小，由近渐远，迤逦地通到彼方的海岸边。远处的海作深黑色，中有许多帆船，参差地点缀在远方的地平线上。页的下端的左角上，纯白的雪地里，写着画题。画题没有文字，只是写着两个并列的记号"！？"，用笔非常使劲，有如晋人的章草的笔致，力强地牵惹观者的心目。看了这两个记号之后，再看雪地上长短大小形状各异的种种脚迹，我心中便起一种无名的悲哀。这些是谁人的脚迹？他们又各为了甚事而走这片雪地？在茫茫的人世间，这是久远不可知的事！讲到这里我又想起一首古人诗："小

[①] 即《行军九日思长安故园》。编者注。

院无人夜，烟斜月转明。清宵易惆怅，不必有离情。"这画中的雪地上的足迹所引起的慨感，是与这诗中的清宵的"惆怅"同一性质的，都是人生的无名的悲哀。这种景象都能使人想起人生的根本与世间的究竟诸大问题，而兴"空幻"之悲。这画与诗的感人之深也就在乎此。若说在雪地里认得恋人的足迹，在清宵为离情而惆怅，则观者与读者的感动就浅一层了。

我所记得的画还有不少，但在这里不宜再噜苏地叙述了。我看了这种画所以不能忘怀者，是为了它们给我的感动深切的原故。它们的所以能给我以深切的感动者，据我想来，是因为这种画兼有形象的美与意义的美的原故。换言之，便是兼有绘画的效果与文学的效果的原故。这种画不仅描写美的形象，又必在形象中表出一种美的意义。也可说是用形象来代替了文字而作诗。所以这种画的画题非常重要，画的效果大半为着有了画题而发生。例如最初所说的一幅，试想象之：若仅画一个乘车的"贵"妇人与一个走路的"贱"妇人相遇之状，而除去了画题《Classmate》一字，这画便乏味，全无可以动人的力了。故看这种画的人，不仅用感觉鉴赏其形色的美，看了画题，又可用思想鉴赏其意义的美，觉得滋味更加复杂。

这原是我一人的私好。但因此想起了自来绘画对于题材的关系，有种种状态，颇可为美术爱好者一谈。古今东西各流派的绘画，常在题材或题字上对文学发生关系，不过其关系的深浅有种种程度。像上述的小画，可说是绘画与文学关系最深的一例。一切绘画之中，有一种专求形状色彩的感觉美，而不注重题材的意义，则与文学没交涉，现在可暂称之为"纯粹的绘画"。又有一种，求形式的美之外，又兼重题材的意义与思想，则涉及文学的领域，可暂称之为"文学的绘画"。前者在近代西洋画中最多，后者则古来大多数的中国画皆是其例。现在可分别检点一下：

先就西洋画看，与文学全无关系的纯粹的绘画，在近代非常流行。极端的例，首推十余年前兴起的所谓"立体派"（"cubists"）、"构图派"（"compositionists"）等作品，那种画里只有几何形体的组织，或无名的线条与色彩的构成，全然不见物体的形状。这真可谓"绝对的绘画"了。然而他们的活动不广，寿命也不长，暂时在欧洲出现，现在已将绝灭了。除此以外，最接近纯粹绘画的，要算图案画。然而图案的取材也得稍加选择，坟墓上的图案不好用到住宅上去，便是稍稍顾及题材的意义了。再除了这两种以外，正式的西洋画中，最近于纯粹绘画的，要算"印象派"（"impressionists"）的绘画。"印象派"者，只描眼睛所感受的瞬间的印象，字面上已表示出头画的纯粹了。他们主张描画必须看着了实物而写生，专用形状色彩来描表造形的美。至于题材，则不甚选择，风景也好，静物也好。这派的大画家Monet〔莫奈〕曾经为同一的稻草堆连作了十五幅写生画，但取其朝夕晦明的光线色彩的不同，题材重复至十五次也不妨。西洋的风景画与静物画，是从这时候开始流行的。裸体画也在这时候成为独立的作品，而盛行于全世界。裸女原是西洋画的基本练习的题材，相当于中国画中的石。然比石更为注重形式。石的画上还有题诗，裸女的画只有人体，甚至人体的一部分。例如只胸部腹部而没有头，或只描背部臀部而没有手足的，在西洋画上称为torso[①]，也是可以独立的一种绘画。这是专重形状、色彩、光线笔法的造形美术，其实与前述的立体派绘画或图案画很相近了。此风到现在还流行，入展览会，但觉满目如肉，好像走进了屠场或浴室。同样的题材千遍万遍地反复描写，而皆能成为独立的新作品，可知其为尊重造形而不讲题材意义的绘画。其次的后期印象派，在画法上显著地革新，不务光线色彩的写实，而用东洋画风的奔放活泼的线条，使自然变成畸形。如本书中《文学的写生》一文中所说，这种绘画仿东洋画风，在自然观照的态度上对文学有缘。但这是关于创作心理上的话。在表现上，后期印象派的绘画也是注重技法而不讲题材的。故Cézanne〔塞尚〕的杰作中有不少是仅写几只苹果，几个罐头，几块布片的静物画。Gogh〔凡·高〕的杰作中，"向日葵"的题材反复了不知几次；而且意义错误的题材也有：例如他的杰作的自画像中，有一幅所描的自己正在作这自画像时的姿态。他是左手持调色板，右手执画笔，坐在画架前面望着了对方的大镜子里的反映的现象而写生的。但镜子里反映的现象，左右与实例相反。他的画上也便左右相反，变成右手持调色板而左手执笔的错误状态。各种传记上并没有说及Gogh有左手执笔的习惯，故知这是镜中的反映的姿态。仅

---

① 意大利文，意即：裸体躯干雕像。此处指这类绘画。

看这幅画的形状、色彩、笔法，固然是深造的技术；但一想它的题材的意义，总觉得错误；然而这错误不能妨害它的杰作的地位。如美术史家所说，"西洋画到了印象派而走入纯正绘画之途"，纯正绘画是注重造形美而不讲意义美的。但在印象派以前，西洋绘画也曾与文学结缘：希腊时代的绘画不传，但看其留传的雕刻，都以神话中的人物为题材，则当时的绘画与神话的关系也可想而知。文艺复兴的绘画，皆以圣书中的事迹为题材，如Leonardo da Vinci〔列奥纳多·达·芬奇〕的《最后的晚餐》，Michelangelo〔米开朗琪罗〕的《最后的审判》，Raphael〔拉斐尔〕的《Madonna〔圣母像，圣母子图〕》是最显著的例。自此至十八世纪之间的绘画，仿佛都是圣书的插画。到了十九世纪，也有牛津会（Oxford Circle）的一班画家盛倡以空想的浪漫的恋爱故事为题材的绘画，风行一时，他们的团体名曰"拉费尔〔拉斐尔〕前派"（"Pre-Raphaelists"），直到自然主义（印象派）时代而熄灭。这是因为牛津会的首领画家是有名的诗人Rossetti〔罗赛蒂〕，故"拉费尔前派"的作品，为西洋画中文学与绘画关系最密切的例。但这等都是远在过去的艺术。近代的西洋画，大都倾向于"纯粹的绘画"。

再就如国画看，画石，画竹，是绘画本领内的艺术，可说是造形美的独立的表现。但中国的画石、画竹，也不能说与文学全无关系，石与竹的画上都题诗，以赞美石的灵秀，竹的清节。则题材的取石与竹，也不无含有意义的美。梅、兰、竹、菊在中国画中称为"四君子"。可知这种自然美的描写，虽是专讲笔墨的造形美术，但在其取材上也含着文学的分子，不过分量稀少而已。石与四君子，似属中国画的基本练习。除了这种基本练习而外，中国画大都多量地含着文学的分子。最通俗的画，例如《岁寒三友图》（松竹梅），《富贵图》（牡丹），《三星图》（福禄寿），《天官图》，《八骏图》，《八仙图》都是意义与技术并重的绘画。山水似为纯属自然风景的描写，但中国的山水画也常与文学相关联。例如《兰亭修禊图》《归去来图》，好像在那里为王羲之、陶渊明的文章作插图。最古的中国画，如顾恺之的《女史箴图》，也是张华的文章的插图。宋朝有画院，以画取士，指定一句诗句为画题，令天下的画家为这诗句作画。例如题目《深山埋古寺》，其当选的杰作，描写的是一个和尚在山涧中挑水，以挑水暗示埋没在深山里的古寺。又如题目《踏花归去马蹄香》，则描的是一双蝴蝶傍马蹄而飞，以蝴蝶的追随暗示马蹄的曾经踏花而留着香气。这种画完全以诗句为主而画为宾，画全靠有诗句为题而增色，与前述的那种小画相类似，不过形式大了些。故中国古代的画家，大都是文人，士大夫。其画称为"文人画"。中国绘画与文学的关系之深，于此可见。所以前文说，大多数的中国画皆是"文学的绘画"的例。

在美术的专家，对于技术有深造的人，大概喜看"纯粹的绘画"。但在普通人，所谓amateur〔业余者〕或美术爱好者（dilettante），即对于诸般艺术皆有兴味而皆不深造的人，看"文学的绘画"较有兴味。

在一切艺术中，文学是最易大众化的艺术。因为文学所用的表现工具是言语，言语是人人天天用惯的东西，无须另行从头学习，入门的初步是现成的。绘画与音乐都没有这么便当。要能描一个正确的形，至少须经一番写生的练习，要能唱一个乐曲，起码须学会五线谱。写生与五线谱，不是像言语一般的日常用具，学的人往往因为一曝十寒而难于成就。因此世间爱好音乐绘画者较少，而爱好文学者较多。纯粹由音表现的"纯音乐"（"paremusic" "absolate music"），能懂的人很少；在音乐中混入文词的"歌曲"，能懂的人就较多。同理，纯粹由形状，色彩表现的所谓"纯粹的绘画"，能懂的人也很少；而在形状色彩中混入文学的意味的所谓"文学的绘画"，能懂的人也较多。故为大众艺术计，在艺术中羼入文学的加味，亦是利于普遍的一种方法。我之所以不能忘怀于那种小画，也是为了自己是amatetur或dilettante的原故。

现代的大众艺术，为欲"强化"宣传的效果，力求"纯化"艺术的形式，故各国都在那里盛行黑白对比强烈的木版画。又因机械发达，印刷术昌明，绘画亦"大量生产化"，不重画家手腕底下的唯一的原作，而有卷筒机上所产生的百万的复制品了。前面所述的那种小画，题材虽有一部分是过去社会里的流行物，但其画的方式，在用黑白两色与作印刷品这两点上，与"纯化"与"大量生产化"的现代绘画相符，也可为大众艺术提倡的一种参考。

一九三三年十二月作，曾载《文学》，今改作

诗人的平面观

画家对风景作平面观。故能撤去眼前远近各种景物的距离，把它们看作一幅天然画图，而临写在平面的画纸上。诗人对风景也用这般看法，因此而获得写景的妙句。

李白诗句云："山从人面起，云傍马头生。"想像一群人和马行在万山之中，眼前最接近的是同行的人的面，和马的头。人面与马头之外都是山和云。云山与人马，在实际上当然隔着很远的距离。把这距离撤消，当作云山是紧贴在人马的后面的背景而观看，则在峰回路转的时候，便见"山从人面起，云傍马头生"的光景。这必须亲历其境而直观地感得，不是伏在室中的书案上可以造作出来的。故可谓之诗中的写生画。

"云傍马头生"之"云"当然不是近云。并非人走到白云深处，而看见有云缭绕于马头之旁。因为近云即雾，雾必埋却人马全体，不会傍马头而生。从人面起的山也一定是远山。因为远山形小，与近处的人面差不多大小（此理实验便知），故容易撤去距离而看作"从人面起"。若是近山，则形状必比人面大得多。即使用平面观也只能看作衬在人背后的屏障，即所谓"山屏雾障"，却不配说"山从人面起"了。云与山，在实际上前者是气体，后者是固体；前者是轻清而变化无定的，后者是笨重而固定不动的。但在惯用"平面观"的诗人的眼中，二者仿佛是同一种东西。故曰"夏云多奇峰"，又曰"青山断处借云连"。

刘禹锡诗句云："秋景墙头数点山。"这句子也是用李太白的看法得来的。李太白看见山从人面起来，刘禹锡看见山堆在墙头，同是撤消距离的平面观的看法，不过近景人面换了墙头。推想实景：刘家的矮墙外稍远处有几个山，诗人从墙内相当地点望去，恰见几点山尖露出在矮墙头上。我何以知道刘家的墙是矮墙，又墙外的山在于稍远处呢？照远近法之理推想，能看见墙头上露出山尖的光景的，只有两种情形：第一种，家靠近山旁，四周有高墙，即可在屋里望见墙头上露出来的山尖。第二种，家离山稍远，则四周必是矮墙，也可在矮墙头上看见远山的尖。除此以外，靠近山旁而用矮墙，则墙上露出大半个山，不能称为"数点"；离山稍远而四周筑了高墙，则在屋里看见墙比山高，一点山也不能见了。故照远近法之理推测，只有前述两种情形可拟。但照诗人的生活推想，似宜取第二种，即离山稍远而四周用矮墙。因为山太近不配称"数点"，而高墙中似乎不是诗人所居之处。

王维诗句云："山中一夜雨，树杪百重泉。"山中落了一夜雨之后，泉水重重而出。山脚上有树木。隔着树木看泉水，用平面的看法时，即见泉水在树杪流着。这一例所异于前例者，是距离的更近。前例是云山对人马，山对墙。现在是泉对树，距离更近。要撤消二物间的距离，而作平面观，距离愈近愈容易，距离愈远愈困难。例如山与云，离人马极远，便像天然的背景或屏障，容易拉它们过来贴在人马上。但如室内的桌与椅，案上的壶与杯，距离极近，除了作写生画的时候以外，普通总看作一远一近地成纵队排列，不易把它们拉拢来作平面观。故对远距离物作平面观易，对近距离物作平面观难。树杪对泉水相距甚近，王维原是画家，故能对之作平面观而吟成此句。

同样的例，可举龚翔麟的词句"树杪有双鬟，春风小画栏"。双鬟对树杪的距离，想来比泉水对树杪更近了。想像那光景，大约是一个高楼的画栏内坐着一个梳着双鬟的女子，画栏外有树木，树木大约是杨柳，杨柳的杪比栏杆稍高，比女子的面孔稍低。诗人从树木外的远处用绘画的看法眺望此景，便看见青青的树杪上载着一个盈盈的双鬟女子的胸像，树杪旁边露出大约是朱色的画栏，便吟"树杪有双鬟，春风小画栏"之句。第一句倘不是用撤消距离的平面观来解说，而照方面讲，就变成很可怕的局面：一个纤纤弱女爬到了树的杪上，非常危险！若不赶快用飞机去救，她将难免为绿珠[①]第二了。

[①] 绿珠，西晋时石崇的爱妾，后石崇被逮，她坠楼自杀。

儿童画

孩子们的袋里常常私藏着炭条，黄泥块，粉笔头，这是他们的画具。当大人们不注意的时候，他们便偷偷地取出这些画具来，在雪白的墙壁上，或光洁的窗门上，发表他们的作品。大人们看见了，大发雷霆，说这是龌龊的，不公德的，不雅观的；于整洁和道德上，美感上都有害，非严禁不可。便一面设法销毁这些作品，一面喃喃咒骂它们的作者，又没收他们的画具。然而这种禁诫往往是无效的。过了几日，孩子们的袋里又有了那种画具，墙壁窗门上又有那种作品发表了。

大人们的话说得不错，任意涂抹窗门墙壁，诚然是有害于整洁，道德及美感的。但当动手销毁的时候，倘得仔细将这些作品审视一下，而稍加考虑与设法，这种家庭的罪犯一定可以不禁自止，且可由此获得教导的良机。因为你倘仔细审视这种涂抹，便可知道这是儿童的绘画本能的发现，笔笔皆从小小的美术心中流出，幅幅皆是小小的感兴所寄托，使你不忍动手毁损，却要考虑培植这美术心与涵养这感兴的方法了。

实际除了出于恶意的破坏心的乱涂之外，孩子们的壁画往往比学校里的美术科的图画成绩更富于艺术的价值。因为这是出于自动的，不勉强，不做作，始终伴着热烈的兴趣而描出。故其画往往情景新奇，大胆活泼，为大人们所见不到，描不出。不过这种画，不幸而触犯家庭的禁条，难得保存。稍上等的人家，琼楼玉宇一般的房栊内，壁上不许着一点污秽，这种画便绝不可见。贫家的屋子内稍稍可以见到。废寺，古庙，路亭的四壁，才是村童的美术的用武之地了。曾忆旅行中，入寺庙或路亭中坐憩片时，乘闲观赏壁上龙蛇，探寻其意趣，辨识其笔画，实有无穷的兴味。我常常想，若能专心探访研究这种绘画，一定可以真切地知道一地的儿童生活的实况，真切地理解儿童的心情。据我所见，最近乡村废寺的败壁上，已有飞机的出现了。其形好似一种巨大的怪鸟，互相争斗着。最初我尚不识其为飞机。数见之后，稍稍认识。后来听了一个村婆的话："洋鬼子在那里煎出小孩子的油来造飞机，所以他有眼睛，会飞。"方始恍然，儿童把飞机画成这般的姿态，不是无因的。听了这话，看了这种画，而回忆近来常在天际飞鸣盘旋的那种东西的印象，正如那壁上的大鸟一般的怪物。校正那村婆的愚见，而用艺术的方法把飞机"活物化"为怪鸟，而设想其在天空中争斗的光景，这是何等有兴趣的儿童画题材！这样的画，在上海许多儿童画报上尚未见过，而在穷乡僻处的废寺败壁上先已发表着了。

这点画心，倘得大人们的适当的指导与培养，使他们不必私藏炭条，黄泥块与粉笔头，不必偷偷地在墙壁窗门上涂抹，而有特备的画具与公然的画权，其发展一定更有可观。同时艺术教育的前途定将有显著的进步。

一九三四年三月七日，为江苏省教育厅《小学教师》作

音乐之用

学校的一切课业中，音乐似乎最没有用。即使说得它有用，例如安慰感情，陶冶精神，修养人格等，其用也似乎最空洞。所以有许多学校中，除音乐教师而外，大都看轻音乐，比图画尤其看轻。甚至连音乐教师也看轻音乐，敷衍塞责地教他的功课。

这是因为向来讲音乐的效果，总是讲它的空洞的方面，而不讲实用的方面。所以大家不肯起劲。这好比劝人念南无阿弥陀佛十遍百遍或千遍可获现世十种功德，人皆不相信。又好比只开支票，不给现洋，人皆不欢迎。

《中学生》杂志创刊以来，好像没有谈过音乐（我没有查旧账，只凭记忆，也许记错了。但即使有，一定甚少）？现在我来谈谈。一切空洞的话都不讲，从音乐的实用谈起。

听说，日本九州有一个大机械工厂，厂里雇用着大群的女工。每天夜班做工的时候，女工们必齐声唱歌。一面唱歌，一面工作，工率会增高，出产额比别厂大得多。但夜工的时间很长，齐唱的声音又大，妨碍了工厂邻近的人们的安睡，邻人们抗议无效，便提出公诉。诉讼的结果，工厂方面负了，只得取消唱歌。取消之后，女工们的工率大为减低，工厂的生产大受影响，云云。

听说，美国有一种习字用的蓄音机唱片，其音乐的旋律与节奏，恰符合着写英字时的手的运动。小学生练习书法时，一面听蓄音机，一面写字，其工作又省力，又迅速，又成绩良好。这等方法是由种田歌，采茶歌，摇船歌，纺纱歌等加以科学的改进而来的。又可说是扛抬重物的劳动者所叫的"杭育杭育"，或建筑工人打桩时的歌声的展进。我乡（恐怕我国到处皆然）有一种人，认为打桩的歌声中有鬼神。打桩的地方，经过的人必趋避，小孩尤不宜看。据说工人们打桩时，若把路过的人的名字或形容唱入歌中，桩便容易打进，同时被唱入歌中的人必然倒楣，要生大病，变成残废，甚或死去。因为那人的灵魂随了这桩木而被千钧之力的打击，必然重伤或致命。而且，归咎于看打桩的瞎子、跛子、驼子或歪嘴，亦常有所见闻。但是，我每次经过打桩的地方，定要立定了脚倾听。他们不知在唱些什么歌曲？一人提头唱出，众人齐声附和。其旋律有时像咏叹调，有时像宣叙调；其节奏有时从容浩大，有时急速短促；其歌词则除"杭育"以外都听不清楚，不知道在念些什么？据邻家的三娘娘说，是在念过路人的姓名，服装或状貌，所以这种声音很可怕。但我并不觉得可怕，只觉得很自然，很伟大，很严肃。因为我看他们的样子，不是用气力来唱歌，而是用唱歌唤出气力来作工。所以其唱歌毫不勉强，非常自然。

又看他们的工作，用人力把数丈长的大木头打进地壳里去，何等伟大而严肃！所以他们的歌声，有时像哀诉，呐喊，有时像救火，救命，有时像冲锋杀敌，阴风惨惨、杀气腾腾的。这种唱歌在工作上万万不能缺少。你们几曾见过默默地打桩的工人？假如有之，其桩一定打不进，或者其人都要吐血。音乐之用，没有比这更切实的了。那机械工厂的利用唱歌，和习字蓄音片〔唱片〕的制造，显然是从这里学得的。

听说，音乐又可以作治病的良药。大哲学家尼采曾经服这药而得灵验，有他自己的信为证。一千八百八十一年十一月，尼采旅居意大利，偶在一处小剧场中听到法国音乐家比才（Georges Bizet,1838—1875）的杰作歌剧《卡尔门》〔《卡门》〕（《Carmen》，这歌剧现在已非常普遍流行于世间，电影中已制片，各乐器都有这剧的音乐，开明书店的《口琴吹奏法》里也有《卡尔门》的口琴曲），被它的音乐所感动，热烈地爱好它。第二次开演时，尼采正在生病，扶病往听，听了之后病便霍然若失。次日写信给他的友人说："我近来患病，昨夜听了比才的杰作，病竟痊愈了，我感谢这音乐！"（事见小泉洽著《音乐美学诸相》所载。）倘有人开一所卖"音乐"药的药房，这封大哲学家的信大可以拿去登在报章杂志上，作个广告。又据日本音乐论者田边尚雄的报告，用音乐治病的例很多：十九世纪初，法国有一位名医名叫裘伯尔的，常用音乐治病。这医生会唱种种的歌，好像备有种种的药一般。病人求治，不给药，但唱歌给他听，或用clarinet〔单簧管〕（喇叭类乐器）吹奏极锐音的乐曲给他听。

每日数回，饭前饭后，或睡前，其病数日便愈。又听说，怀娥铃〔小提琴〕（violin）治病是最好的良药。二百年前，法国每年盛行的Carnaval（谢肉祭〔狂欢节〕）中，有人以热狂舞蹈而罹病者，用怀娥铃演奏乐曲给他听，催他入睡，醒来病便没有了。野蛮人中用音乐治病的实例更多：美洲可伦比亚河〔哥伦比亚河〕岸的野蛮人，凡遇生病，不服药，但请一老巫女来旁大声唱歌，又令十五六青年手持木板打拍子舞蹈而和唱。病轻的唱一回已够，病重的唱数回便愈。又据非洲漫游者的报告，奴皮亚地方的人把病者施以美丽的服饰，拥置高台上，台下许多青年唱歌舞蹈，其病就会痊愈。又美洲印第安人的医生，都装扮得很美丽，且解歌舞，好像我们这里的优伶一般。这种话好像荒诞而属于迷信；但我看到我家的李家大妈的领孩子，确信它们并不荒诞，并非迷信。这种音乐治病法，是由李家大妈的唱歌展进而来。我家有一个小孩子，不时要吵，要哭，要跌交，要肚痛。她娘也管她不了，只有李家大妈能克制她。其克制之法，就是唱歌。逢到她吵了，哭了，她抱着用手拍几下，唱歌给她听，她便不吵，不哭了。逢到她跌交了，或肚痛了，蒙了不白之冤似的大声号哭，也只要李家大妈一到，抱着按摩一下，唱几只歌，孩子便会入睡，醒来时病苦霍然若失了。这并非偶然，唱歌的确可以催眠，音乐中不是有"眠儿歌"这一种乐曲的么？由此展进，也许可以有"醒睡歌"，"消食歌"，以至"镇痛歌"，"解毒歌"，"消痰止渴歌"，"养血愈风歌"等。也许那位法国的名医会唱这种歌，秘方不传，所以世间没有人知道。

听说，音乐又可以使人延年益寿。有许多长寿的音乐大家为证：法国名歌剧家奥裴尔〔奥柏〕（Daniel Auber，1782—1871）享年八十九岁。意大利的名歌剧家侃尔皮尼〔凯鲁比尼〕（Luigi Cherubini，1760—1842）享年八十二岁。同国还有一位歌剧家洛西尼〔罗西尼〕（Gioacchino Rossini，1792—1868）享年七十八岁。大名鼎鼎的乐圣法国人罕顿〔海顿〕（Joseph Haydn，1732—1809）享年七十七岁。德国怀娥铃作曲家史布尔〔施波尔〕（Louis Spohr，1784—1859）享年七十五岁。又一位大乐圣德国人亨代尔〔亨德尔〕（George Frederio Handel，1685—1759）享年七十四岁。有名的歌剧改革者格罗克〔格鲁克〕（Christoph Willibald Gluck，1714—1787）享年七十三岁。法国浪漫派歌剧家马伊亚裴亚〔梅耶贝尔〕（Giacomo Meyerbeer，1791—1864）也享年七十三岁。意大利作曲家比起尼（Piccini，1728—1800）享年七十二岁。意大利宗教音乐改革者巴雷史德利拿〔帕莱斯特里那〕（Palestrina,1524—1594）享年七十岁。日本平安朝的乐人尾张滨主年一百十余岁尚能在皇帝御前作"长寿舞"。我国汉文帝时盲乐人窦公，一百八十岁时元气犹壮。文帝问他长生之术，他说十三岁两目全盲，一心学琴至今，故得长生。

这样看来，音乐的效果不是空洞的，着实有实用之处。那么所谓"安慰感情，陶冶精神，修养人格"等等，不是一张空头支票，保存得好，将来可以兑现。

廿三〔1934〕年三月廿六日，为《中学生》作

音乐与人生

一定有多数的学生感到：上音乐课——唱歌——比上别的课更为可亲，音乐教室里的空气比别处的空气更为温暖。即此一点，已可窥见音乐与人生关系的深切。艺术对于人心都有很大的感化力。音乐为最微妙而神秘的艺术。故其对于人生的潜移默化之力也最大。对于个人，音乐好像益友而兼良师；对于团体生活，音乐是一个无形而有力的向导者。

个人所受于音乐的惠赐，主要的是慰安与陶冶。

我们的生活，无论求学、办事、做工，都要天天运用理智，不但身体勤劳，精神上也是很辛苦的。故古人有"世智""尘劳"等话。可见我们的理智生活很多辛苦，感情生活是常被这世智所抑制而难得舒展的。给我以舒展感情生活的机会的，只有艺术。而艺术中最流动的，活泼的音乐，给我们精神上的慰安尤大。故生活辛劳的人，都自然地要求音乐。像农夫有田歌，舟人有棹歌，做母亲的有摇篮歌，一般劳动者都喜唱山歌，便是其实例。他们一日间生活的辛苦，可因这音乐的慰安而恢复。故外国的音乐论者说，"music as food"。其意思就是说，音乐在人生同食物一样重要。食物是营养身体的，音乐是营养精神的，即"音乐是精神的食粮"。

音乐既是精神的食粮，其影响于人生的力当然很大。良好的音乐可以陶冶精神，不良的音乐可以伤害人心。故音乐性质的良否，必须审慎选择。譬如饮料、牛乳的性质良好，饮了可使身体健康；酒的性质不良，饮了有害身体。音乐也如此，高尚的音乐能把人心潜移默化，养成健全的人格；反之，不良的音乐也会把人心潜移默化，使他不知不觉地堕落。故我们必须慎选良好的音乐，方可获得陶冶之益。古人说，"作乐崇德"。就是因为良好的音乐，不仅慰安，又能陶冶人心多而崇高人的道德。学校中定音乐为必修科，共主旨也在此。所以说，音乐对于个人是益友而兼良师。

团体所受于音乐的支配力更大。吾人听着或唱着一种音乐时，其感情同化于音乐的曲趣小。故人众问听或同唱一种音乐时，大众的感情就融洽，团结的精神便一致。爱国歌可使万民慷慨激昂，军歌可使三军勇往直前，追悼歌可使大众感慨流泪，便是音乐的神秘的支配力的显示。古人有"乐以教和"的话，其意思就是说，音乐能使大众的心一致和洽。故自来音乐的发达与否，常与民族的盛衰相关，其例证很多：我国古时周公制礼作乐，而周朝国势全盛，罗马查理大帝（Charlemagne, 768—814）的统一欧洲，正是"格列高里式歌谣〔格里哥利圣咏〕"（上代罗马法王〔教皇〕Gregory I〔格里哥利一世〕

所倡的音乐）发达的时代。普法战争以前的德国，国势非常强盛。当时国内音乐也非常发达，裴德芬〔贝多芬〕（Beethoven）、修裴尔德〔舒柏特〕（Schubert）、孟特尔仲〔门德尔松〕（Mendelssohn）、修芒〔舒曼〕（Schumann）、勃拉姆斯（Brahms）等大音乐家辈出，握世界音乐的霸权。又如西班牙国力衰弱时，国内不正当的俗乐非常流行，日本江户时代盛行淫荡的俗乐，国势就很衰弱。凡此诸例，虽然不能确定音乐的盛衰是民族盛衰的原因，但至少是两者互相为因果的。郑卫的音乐[1]被称为"亡国之音"。可知音乐可以兴国，也可以亡国。所以说，音乐对于团体是有力的向导者。

今日的中国，正需要着这有力的向导者。我们的民族精神如此不振，缺乏良好的大众音乐是其一大原因。欲弥补这缺陷，需要当局的提倡，作家的努力和群众的理解。这册教科书的效用只及于最后的一项而已。

---

[1] 春秋战国时郑卫两国的音乐有"乱世之音"之称。

西洋画之中国画化

中国画描物向来不重形似，西洋画描物向来重形似。但近来的西洋画描物也不重形似了。

中国画描色向来像图案，西洋画描色向来照自然。但近来的西洋画描色也像图案了。

中国画描形向来重用线条，西洋画描形向来不显出线条。但近来的西洋画描形也重用线条了。

中国画写景向来不讲远近法，西洋画写景向来注重远近法。但近来的西洋画也不讲远近法了。

中国画描人物向来不讲解剖学，西洋画描人物向来注重解剖学。但近来的西洋画也不讲解剖学了。

中国画笔致向来很单纯，西洋画笔致向来很复杂。但近来的西洋画笔致也很单纯了。

中国画向来以风景（山水）为主，西洋画向来以人物为主。但近来的西洋画也以风景为主了。

etc①。

自文艺复兴期至今日的西洋画的变迁，可说是一步一步地向中国画接近来。西洋画已经中国画化了！中国艺术万岁！

---

① 即"等等"。

图画与人生

我今天所要讲的,是"图画与人生"。就是图画对人有什么用处?就是做人为什么要描图画,就是图画同人生有什么关系?

这问题其实很容易解说:图画是给人看看的。人为了要看看,所以描图画。图画同人生的关系,就只是"看看"。

"看看",好像是很不重要的一件事,其实同衣食住行四大事一样重要。这不是我在这里说大话,你只要问你自己的眼睛,便知道。眼睛这件东西,实在很奇怪:看来好像不要吃饭,不要穿衣,不要住房子,不要乘火车,其实对于衣食住行四大事,他都有份,都要干涉。人皆以为嘴巴要吃,身体要穿,人生为衣食而奔走,其实眼睛也要吃,也要穿,还有种种要求,比嘴巴和身体更难服侍呢。

所以要讲图画同人生的关系,先要知道眼睛的脾气。我们可拿眼睛来同嘴巴比较:眼睛和嘴巴,有相同的地方,有相异的地方,又有相关联的地方:

相同的地方在哪里呢?我们用嘴巴吃食物,可以营养肉体;我们用眼睛看美景，可以营养精神。——营养这一点是相同的。譬如看见一片美丽的风景，心里觉得愉快；看见一张美丽的图画，心里觉得欢喜。这都是营养精神的。所以我们可以说：嘴巴是肉体的嘴巴，眼睛是精神的嘴巴——二者同是吸收养料的器官。

相异的地方在哪里呢？嘴巴的辨别滋味，不必练习。无论哪一个人，只要是生嘴巴的，都能知道滋味的好坏，不必请先生教。所以学校里没有"吃东西"这一项科目。反之，眼睛的辨别美丑，即眼睛的美术鉴赏力，必须经过练习，方才能够进步。所以学校里要特设"图画"这一项科目，用以训练学生的眼睛。眼睛和嘴巴的相异，就在要练习和不要练习这一点上。譬如现在有一桌好菜蔬，都是山珍海味，请一位大艺术家和一位小学生同吃。他们一样地晓得好吃。反之，倘看一幅名画，请大艺术家看，他能完全懂得它的好处。请小学生看，就不能完全懂得，或者莫名其妙。可见嘴巴不要练习，而眼睛必须练习。所以嘴巴的味觉，称为"下等感觉"。眼睛的视觉，称为"高等感觉"。

相关联的地方在哪里呢？原来我们吃东西，不仅用嘴巴，同时又兼用眼睛。所以烧一碗菜，油盐酱醋要配得好吃，同时这碗菜的样子也要装得好看。倘使乱七八糟地装一下，即使滋味没有变，但是我们看了心中不快，吃起来滋味也就差一点。反转来说，食物的滋味并不很好，倘使装潢得好看，我们见了，心中先起快感，吃起来滋味也就好一点。学校里的厨房司务很懂得这个道理。他们做饭菜要偷工减料，常把形式装得很好看。风吹得动的几片肉，盖在白菜面上，排成图案形。两三个铜板一斤的萝卜，切成几何形体，装在高脚碗里，看去好像一盘金刚石。学生走到饭厅，先用眼睛来吃，觉得很好。随后用嘴巴来吃，也就觉得还好。倘使厨房司务不懂得装菜的方法，各地的学校恐怕天天要闹一次饭厅呢。外国人尤其精通这个方法。洋式的糖果，作种种形式。又用五色纸，金银纸来包裹。拿这种糖请盲子吃，味道一定很平常。但请亮子吃，味道就好得多。因为眼睛相帮嘴巴在那里吃，故形式好看的，滋味也就觉得好吃些。

眼睛不但和嘴巴相关联，又和其他一切感觉相关联。譬如衣服，原来是为了使身体温暖而穿的，但同时又求其质料和形式的美观。譬如房子，原来是为了遮蔽风雨而造的，但同时又求其建筑和布置的美观。可知人生不但用眼睛吃东西，又用眼睛穿衣服，用眼睛住房子。古人说："人之所以异于禽兽者，几希。"我想，这"几希"恐怕就在眼睛里头。

人因为有这样的一双眼睛，所以人的一切生活，实用之外又必讲求趣味。一切东西，好用之外又求其好看。一匣自来火，一只螺旋钉，也在好用之外力求其好看。这是人类的特性。人类在很早的时代就具有这个特性。在上古，穴居野处，茹毛饮血的时代，人们早已懂得装饰。他们在山洞的壁上描写野兽的模样。在打猎用的石刀的柄上雕刻图案的花纹，又在自己的身体上施以种种装饰，表示他们要好看，这种心理和行为发达起来，进步起来，就成为"美术"。故美术是为了眼睛的要求而产生的一种文化。故人生的衣食住行，从表面看来好像和眼睛都没有关系，其实件件都同眼睛有关。越是文明进步的人，眼睛的要求越是大。人人都说："面包问题"是人生的大事。其实人生不单要吃，又要看；不单为嘴巴，又为眼睛；不单靠面包，又靠美术。面包是肉体的食粮，美术是精神的食粮。没有了面包，人的肉体要死。没有了美术，人的精神也要死——人就同禽兽一样。

  上面所说的，总而言之，人为了有眼睛，故必须有美术。现在我要继续告诉你们：一切美术，以图画为本位，所以人人应该学习图画。原来美术共有四种，即建筑，雕塑，图画，和工艺。建筑就是造房子之类，雕塑就是塑铜像之类，图画不必说明，工艺就是制造什用器具之类。这四种美术，可用两种方法来给它们分类。第一种，依照美术的形式而分类，则建筑，雕刻，工艺，在立体上表现的叫做"立体美术"。图画，在平面上表现的，叫做"平面美术"。第二种，依照美术的用途而分类，则建筑，雕塑，工艺，大多数除了看看之外又有实用（譬如住宅供人居住，铜像供人瞻拜，茶壶供人泡茶）的，叫做"实用美术"。图画，大多数只给人看看，别无实用的，叫做"欣赏美术"。这样看来，图画是平面美术，又是欣赏美术。为什么这是一切美术的本位呢？其理由有二：

  第一，因为图画能在平面上作立体的表现，故兼有平面与立体的效果。这是很明显的事，平面的画纸上描一只桌子，望去四只脚有远近。描一条走廊，望去有好几丈长。描一条铁路，望去有好几里远。

因为图画有两种方法，能在平面上假装出立体来，其方法叫做"远近法"和"阴影法"。用了远近法，一寸长的线可以看成好几里路。用了阴影法，平面的可以看成凌空。故图画虽是平面的表现，却包括立体的研究。所以学建筑，学雕塑的人，必须先从学图画入手。美术学校里的建筑科，雕塑科，第一年的课程仍是图画，以后亦常常用图画为辅助。反之，学图画的人就不必兼学建筑或雕塑。

第二，因为图画的欣赏可以应用在现实生活上，故图画兼有欣赏与实用的效果。譬如画一只苹果，一朵花，这些画本身原只能看看，毫无实用。但研究了苹果的色彩，可以应用在装饰图案上，研究了花瓣的线条，可以应用在瓷器的形式上。所以欣赏不是无用的娱乐，乃是间接的实用。所以学校里的图画科，尽管画苹果，香蕉，花瓶，茶壶等没有用处的画。由此所得的眼睛的练习，便已受用无穷。

因了这两个理由——图画在平面中包括立体，在欣赏中包括实用——所以图画是一切美术的本位。我们要有美术的修养，只要练习图画就是。但如何练习，倒是一件重要的事，要请大家注意：上面说过，图画兼有欣赏与实用两种效果。欣赏是美的，实用是真的，故图画练习必须兼顾"真"和"美"这两个条件。具体地说：譬如描一瓶花，要仔细观察花，叶，瓶的形状，大小，方向，色彩，不使描错。这是"真"的方面的功夫。同时又须巧妙地配合，巧妙地布置，使它妥帖。这是"美"的方面的功夫。换句话说，我们要把这瓶花描得像真物一样，同时又要描得美观。再换一句话说，我们要模仿花，叶，瓶的形状色彩，同时又要创造这幅画的构图。总而言之，图画要兼重描写和配置，肖似和美观，模仿和创作，即兼有真和美。偏废一方面的，就不是正当的练习法。

在中国，图画观念错误的人很多。其错误就由于上述的真和美的偏废而来，故有两种。第一种偏废美的，把图画看作照相，以为描画的目的但求描得细致，描得像真的东西一样。称赞一幅画好，就说"描得很像"。批评一幅画坏，就说"描得不像"。这就是求真而不求美，但顾实用而不顾欣赏，是错误的。图画并非不要描得像，但像之外又要它美。没有美而只有像，顶多只抵得一张照相。现在照相机很便宜，三五块钱也可以买一只。我们又何苦费许多宝贵的钟头来把自己的头脑造成一架只值三五块钱的照相机呢？这是偏废了美的错误。

第二种，偏废真的，把图画看作"琴棋书画"的画。以为"画画儿"，是一种娱乐，是一种游戏，是消遣的。于是上图画课的时候，不肯出力，只想享乐。形状还描不正确，就要讲画意。颜料还不会调，就想制作品。这都是把图画看作"琴棋书画"的画的原故。原来弹琴，写字，描画，都是高深的艺术。不知哪一个古人，把"着棋"这种玩意儿凑在里头，于是琴，书，画三者都带了娱乐的，游戏的，消遣的性质，降低了它们的地位，这实在是亵渎艺术！"着棋"这一件事，原也很难，但其效用也不过像叉麻雀，消磨光阴，排遣无聊而已，不能同音乐，绘画，书法排在一起。倘使着棋可算是艺术，叉麻雀也变成艺术，学校里不妨添设一科"麻雀"了。但我国有许多人，的确把音乐，图画看成与麻雀相近的东西。这正是"琴棋书画"四个字的流弊。现代的青年，非改正这观念不可。

图画为什么和着棋，又麻雀不同呢？就是为了图画有一种精神——图画的精神，可以陶冶我们的心。这就是拿描图画一样的真又美的精神来应用在人的生活上。怎样应用呢？我们可拿数学来作比方：数学的四则问题中，有龟鹤问题：龟鹤同住在一个笼里，一共几个头，几只脚，求龟鹤各几只？又有年龄问题：几年前父年为子年之几倍，几年后父年为子年之几倍？这种问题中所讲的事实，在人生中难得逢到。有谁高兴真个把乌龟同鹤关在一只笼子里，教人猜呢？又谁有真个要算父年为子年的几倍呢？这原不过是要借这种奇奇怪怪的问题来训练人的头脑，使头脑精密起来。然后拿这精密的头脑来应用在人的一切生活上。我们又可拿体育来比方，体育中有跳高，跳远，掷铁球，掷铁饼等武艺。这在我们的日常生活中也很少用处。有谁常要跳高，跳远，有谁常要掷铁球铁饼呢？这原不过是要借这种武艺来训练人的体格，使体格强健起来。然后拿这强健的体格去做人生一切的事业。图画就同数学和体育一样。人生不一定要画苹果，香蕉，花瓶，茶壶。原不过要借这种研究来训练人的眼睛，使眼睛正确而又敏感，真而又美。然后拿这真和美来应用在人的物质生活上，使衣食住行都美化起来，应用在人的精神生活上，使人生的趣味丰富起来。这就是所谓"艺术的陶冶"。

图画原不过是"看看"的。但因为眼睛是精神的嘴巴，美术是精神的粮食，图画是美术的本位，故"看看"这件事在人生竟有了这般重大的意义。今天在收音机旁听我讲演的人，一定大家是有一双眼睛的，请各自体验一下，看我的话有没有说错。

廿五〔1936〕年九月十二日下午四时半至五时，中央广播电台播音演讲稿

国画教育的效果

古语说得好"十年树木，百年树人"。教育者的用心，竟有深长到百年的。退一步讲，就拿人当作树木看，说"十年树人"，这教育者的用心也已很好了。最怕的是眼光短浅，功利心重，希望立刻见效，同现钱换现货一样。那就不免贻害教育，戕贼人性了。好比种下株树秧，一番壅培灌溉，就希望它立刻开花结果。见它不开不结，便说壅培灌溉无用，以后不必白费辛苦。天下岂有此理？

图画教育最容易犯上述的毛病。病根就在于教育者眼光短浅，功利心重，希望立刻见效。常有图画教师告诉我："时间短少，设备没有，教材缺乏，成绩难见。"问我有何办法可使见效。又常有人向我称道某校图画教育的成绩，为的是学生能画肖像，图表，或宣传画。问我意见如何。我认为他们都没有认明图画教育的效果。写这篇文章，就当作书面的答复。

图画教育的效果，应该分为直接和间接二种。直接的效果，便是教学生获得描画的能力，能够描出可供观赏或实用的图画来给人看。

间接的效果，便是教育部颁布的图画课程标准中所谓"美化人生"，"养成和平仁爱的德性"。——如果嫌这两句话太抽象，换句话说："应用描画的精神，来处理一切有形无形的生活。"这两种效果中，直接的为轻，间接的为重。直接的为副，间接的为主。直接的是手段，间接的是目的。倘忽略了间接的效果而力求直接的效果，就是贪小失大。

中等教育，是养成做人的基本能力的教育，不是传授专门技术的教育。所以中等学校的各科，都应该注重间接的效果，而不可以但求直接的效果。例如体育科，主要的目的是求其身体的健全发育。跳高跑远，翻铁杠等技艺，不过是借用的手段。又如数学科，主要的目的是求其头脑的精密。能买物，能算账等能力，不过是当然同来的副产物。所以课内所教的东西，但求其能达得主要的目的，而不计其直接的效用。跳高、跑远、翻铁杠等事，在人生中其实极少直接的用处。除了遇火灾、逃警报等非常事件之外，我在平常生活中用不着跳高、跑远以及攀援等技能。龟鹤算，年龄算，Simson定理〔西姆松定理，平面几何定理之一〕等在人生中也极少直接的用处。有谁真个把乌龟同鹤关在一只笼里而要你计算它们的头和脚呢？人生什么时候必须考求父年为子年之几倍呢？世间什么地方有三角形和外接圆，而从圆上一点向三边引垂线呢？可知这些都不过是练习身体，练习头脑的手段，不是求其直接有用的。——直接有用，固然也好。但须知道直接无用，不但并非不好，且比直接有用的更好。

国画教育的效果

世人倘不反对跳高、跳远、翻铁杠、龟鹤算、年龄算、西摩松〔西姆松〕定理的无用，就不应该专求图画科的直接的用处。但事实并不然。有许多人，专重图画科的作品发表。因之有许多图画教师，拼命在区区一二小时的教课中求作品，而以装饰会客室，开展览会，贴宣传画为唯一的任务。抗战开始以来，此风更差。他们以为花卉果物与抗战无关，此刻不应该再写，就强令直线都不会描的学生创作抗战宣传画。不会创作，就教他临摹。依样画葫芦也好，玻璃窗上复写也好，只求凑成一幅画，签上"某校某生作"，贴在要路上，给大家知道某校学生热心宣传工作，以为图画科奏大效了。学生能作抗战宣传画，原是好事。但是，用这种揠苗等方法来硬做，决非长策。暴寇当前，人道正义危急之秋，男女老幼都应该有同仇敌忾的精神。但不必（又不能）事事与抗战直接地表面地相关。养成做人的基本能力的中等学校的学科，更是如此。体育科不妨照旧跳高、跑远、翻铁杠，数学科不妨照旧教龟鹤算、年龄算、西摩松定理。为什么图画科不能照旧教花卉果物风景呢？应该顾到图画科的主要目的，培养根本，不可使喧宾夺主。同时也应该明白抗战的大计，沉着些，不可浮泛暴躁，总而言之，教育者的眼光要远，不可患近视眼。患了的应该赶快配眼镜。

故眼光高远的图画教育者，对于图画科不专求其直接的效果，而注重其间接的效果。换言之，不以教学生能描画为画能事，而求其能应用描画的精神于一切有形无形的生活上。如何应用，宜在图画教学

法中详论,不是本文所能尽述,约略言之,可举下列五端:

一、描画须有锐敏的观察力

教学生习画,须从此入手,未受图画教育的学生,其眼不曾磨练。虽然也有观察力,例如能认识父母师友的颜貌而不致认错,但这是受动的,不是主动的,知其然,而不知其所以然,所以他们不能知道颜貌的异点在于何处,教学图画,便是要养成其主动的观察力,使学生理解形象色彩的表情。直线庄严,曲线优美,竖线崇高,横线广大,红色热烈,绿色和平……领会了这种精神,然后应用这眼力于生活上,则衣服、装饰、房屋、市容等,就不会有厉乱、恶俗、不伦、不调和等不快的现状了。

二、描画须养成其精洁的手法

须使学生知道一张白纸,好比一个世界,处处有它的价值,不容随便乱涂。应该涂黑的地要切实地涂黑,不容留一点白;应该留白的地方要完全留白,不容惹一点黑。画得恰到好处,不能增减一分。领会了这种精神,然后应用这精洁的手法来处理生活,则教室、庭园、道路,都可当作画纸看,自然不会有随地吐痰,随处便溺,随手毁坏等丑恶现象了。

三、描画须有系统

一幅画中,可以描写许多物象,但不可漫无系统,必须有主有宾。好比一个主人招待一群客人一样。须使学生理解作画不是记流水账,而是创造一个圆满的世界。作画不是告诉人我画"什么"而是使人知道我"怎样"画。谁不曾见过苹果、香蕉、茶壶、茶杯，要你画给他看呢？他要看的是你"怎样"画这些东西。换言之，就是看你的布置系统如何？图画之所以异于博物挂图者，即在于此。学生领会了这种精神，然后应用这系统观念于生活上，在有形的方面可得安定妥帖愉快，在无形方面可以处不失其体统了。

四、描画须有趣味

对一朵小花，真心地感到其美与可爱，然后高兴地描写它。这描写伴着一种趣味，不是为了某种功利的目的而描写的。人都有爱美的本能，利欲熏心的商人，对云霞灿烂的夕阳，玉洁冰清的满月，也得回顾一下。冷酷无情的顽夫，看见襁褓中微笑的婴孩也得注意一下。何况感性丰富的青年呢？教学生描画，务须使他真心感到物象的美而对它发生爱情。然后描画时自然伴着趣味。这趣味是天真的，纯洁的，与世间的虚伪恶劣完全相反。领略了这种趣味，然后应用于生活上，可以减杀世间的虚伪与恶劣，而使人生温暖而和爱。

五、描画须爱好自然

人间一切美丽的形状与色彩，无不从自然中取来。玲珑的工艺品，新颖的服装，壮丽的建筑，虽是机械与人类的作品，然其形状，线条，色彩，无非是从植物的花叶，人物的身体，山川的姿势中取来的。教学生描画，不可埋头于教室中，不可拘于一个"描"字。应该指示他们自然界的美景，教他们看。与其描而不看，不如看而不描。看看复看看，便会发现自然之美而惊异感激。这种惊异感激不但是描画的原动力，又可养成高远的眼光，广大的胸襟，而使人想起天地宇宙的伟大与人生的根本。伟人的人格，由此产生。这是画图精神的最大的应用。

此可知描画不过是一种手段。养成爱美的心眼是图画科的目的。只要能使学生用画图的精神来处理生活，即使一笔不描也是上等图画成绩。反之，学生生活历乱，胸襟恶劣，心地残暴，即使能开一千个展览会，其图画成绩也不及格。因为，回到前面时体育与数学的比喻，这拟似戕贼人体，像江湖马戏班一般地献技；又好比强令熟读硬记数千万个数学试题而对答演算。试问这体育成绩与数学成绩该打几分？古人有一段话，可以借来说明图画教育的要旨："所谓诗人者，非必其能吟诗也。果能胸境超脱，相对温雅，虽一字不识，真诗人矣。如其胸境龌龊，相对尘俗，虽终日咬文嚼字，连篇累牍，乃非诗人矣。"古人诗教的直接的效果，是平平仄仄地会吟诗，间接的效果是"胸境超脱，相对温雅"。但不重直接的效果而重间接的效果。同理，图画教育的直接的效果是能描画，间接的效果是"美化人生"与"和平仁爱"。从事图画教育的人，也应该知道不重直接的效果而重间接的效果。

讲了一大篇道理，葛藤满纸，自己看了也觉得乏味。最后请讲一个笑话来收场。有一位乡下老太太，向不出门，见闻浅陋。有一天进城去看看花花世界。走到一所学校的门前，看见空场上有一群少年，正在夺一根绳。这边数十个人握住绳的一端拼命地拉过来，那边数十个人握住绳的那端拼命地拉过去。有时这边的人力大，把那边的一群人都拉倒。有时那边的人把绳一放，这边的人大家仰跌一交，大家声嘶力竭，汗流满面，而绳还是夺不过来。这位乡下老太太存心仁善眼见这场争夺不得开交，大发慈悲，便上前去摇手叫道："大家不要争夺了！这种绳我家里很多，回头多拿几根来送你们！大家不要争夺了！"说得一群学生都笑起来，没有气力再作"拔河"的游戏了。——图画教育借描来涵养，犹之拔河借夺绳来磨练体力。专重描画，其见解就同这乡下老太太一样可笑。

谈工艺美术

工艺美术就是衣服器具等实用品的美的制作，这也属于艺术的范围内。但和别的艺术（绘画音乐等）性状不同。绘画音乐等，大都专供欣赏，除了欣赏以外没有其他实际用度。工艺美术则必定有实际的用处（譬如衣服要穿，椅子要坐），不过在达到了这实用的目的之外，再加以美的形式，使它们"合用"之外又是"好看"，所以这种艺术，被称为"实用艺术"。反之，绘画音乐等被称为"欣赏艺术"。这又被称为"羁绊艺术"。反之，绘画音乐等被称为"自由艺术"。因为工艺美术制作时，受实用的羁绊。譬如做一件衣服，必须顾到它可穿；做一把椅子，必须顾到它可坐，都不能自由变化其基本形式。所以称为"羁绊"。反之，描画，作曲，都可自由发表艺术家的美的思想，不受实用拘束，所以称为"自由"。

一般研究艺术的人，看轻这受羁绊的实用艺术，而尊重那自由的欣赏艺术。他们以为衣服，椅子等，是裁缝司务木匠司务制造的，怎么可同"大艺术家"的"灵感"的，"创造"的，"神来"的作品相并列呢？他们以为这中间"雅俗"之别，相去不可以道里计。所以有的人不承认工艺美术为艺术，把它摈斥到艺术之园的门外去。但我觉得要救救它。我要拉它进园门来，在门内给它一个位置，让它管园门也好。

为什么呢？因为工艺品是吾人日常的切身的用具。我们希望它们进艺术之园而受美化。那么我们用的时候可以感到物质及精神双方的满足。譬如衣服，如果只求合于实用，就是只要能够蔽体而保住体温，而不讲求形色的美观，我们在物质上虽满足了，而精神上（眼睛里）不满足。又如椅子，如果只求合于实用，就是只要能支持身体，而不讲求形色的美观，也是如此。人类在原始时代，原是只能顾到实用，而无力顾到美观的。所以野蛮人的衣服器具，幼稚得很，最多合于实用罢了，讲不到工艺美术。我们如果忽略了衣服器具的美观，结果岂不是开倒车，回复野蛮时代的生活么？

因为从来一般艺术家看轻工艺美术，所以这种艺术向不甚发达。艺术家大都不屑花脑筋去计划衣服椅子等的形式。于是衣服椅子等的形式，就让裁缝木匠等去乱造。于是市上发卖的，流行的用品，形式不佳，恶劣的也不少。我们要用时，没有办法，只得买了恶劣的工艺品回来应用。我们每次用到时，感觉不便，不快，可笑，可恶。但是没有办法，将就用用。用得久了，我们的趣味和它们同化，感觉也就麻木了。似乎以为用具总是这样恶劣的。在这种地方，我们的生活的幸福，损失不少。

就在手头举两个例来说：我住在离市一里许的乡下，上街买物，需要一只手提的布袋。我到铺子里去买布袋。铺子里布袋很多，有的很薄很小，我不要。有种布很厚，大小也适度，我决心要买它一只。我就去选择。觉得这些袋都很合实用，大小正好，长阔也恰好，上面两个环也坚牢而适于手提。只是有一个缺陷：袋上的花纹是几个英文字母。这些字母拼不成字，是乱凑的。大概是由不识英文的人从香烟匣子上或别的处所随便选出来的。每个袋上，携着四个英文字母，略有不同，但都不成字。有一只，开头两个字母是BA。有一只，开头是DE。这使我想起BAD〔坏的〕和DEAD〔死的〕，觉得不快。选来选去，我选定了一只袋，上面绣的是CHMP四个字母。这实在要不得。但在诸袋之中，此袋最为要得，没有办法，只得要了它。况且在当时，因为看见诸袋上的字都不成品，趣味一时和它们同化，似乎觉得手袋上的英文字母当然是不成品的。我看多数手袋上的英文字母拼得非常荒唐，有的简直发不出音。那么我的CHMP，比较起来，实在是唯一杰出的作品。因为勉强可以发音，而其音可以使人联想到香槟酒。即使联想到了"烟囱"（CHIMNEY），也并不算坏，比BAD和DEAD好得多呢。于是我就提了这个"烟囱"回家。以后每次提了这个"烟囱"上街。在这"烟囱"里装满了物品，提着回家。

但有时我突然看看自己手里的袋，觉得着实可笑。为什么袋上标着这四个字母呢？假如有一个外国人或者识外国文的人在旁看我提了这袋走路，此人一定感到奇怪或好笑。如此想来，我每次提袋上街，不吝扮小丑演滑稽剧！如此想来，工艺品的形式竟有这样意想不到的效果！

再举一例：我家住在离市一里许的乡下，其地没有电灯，我家须用菜油盏。近年来我眼睛老花，晚上久已不看书写字。油盏的昏昏灯火也够用了。但是每逢要移动油盏，十次之中总有七八次感觉不便。因为这里市上发售的油盏，形式一律如此：上面一个桃子式的瓦盆，是盛油的，桃子的尖头上是搁灯草点火的。下面一根六七寸长的瓦柱，固定在盆子底上。瓦柱底下一个较大的瓦盆，固定在石柱底上，就是油盏的底。瓦柱的左旁，生出一个环来，这环是移动时插入手指用的。我每次移动油盏时所以感到不便者，就为了"环生在左旁"这一点。假如我同油盏正对面，我要移动它，必须举起右手来，方才拿得牢它。假如我站在油盏的后面，我要移动它，必须举起左手来，方才拿得牢它。假如我站在它的左边，我必须举起右手来拿它。如果我站在它的右边，我必须举起左手来拿它。如果举错了手，我必须换上一只手来，方才拿得牢它。——这种不便，每晚要感到几次。然而没有法子避免，因为油盏头是固定的，不能转动，那环也就永远固定在油盏的左边。其实，这环应该生在油盏的后方，移动方才便利。我们这位做油盏的工艺美术家，不知怎么一想，决定把环生在左边。而且依此形式成千成万地制造出来，发售于附近一带用油盏的人。这正是散播成千上万的"不便"在附近一带的群众的生活中。

在我们的生活中，像上述的"可笑"和"不便"，有无数存在着，其例不胜枚举。

我们如欲减除此种"可笑"和"不便"，进而增加我们生活的幸福，只有改良工艺美术。这件事，前世纪英国有一位美术家，名叫莫理士（William Morris）的，曾经下过一番努力。当时欧洲的工艺美术品也很恶劣，不便利，不美观。用物品的人大家受苦，然而无法，无力，或无心去改良他。大家因循地忍受下去。莫理士有鉴于此，大声疾呼"美化人生"！而着手工艺品的改良。自此以后，欧洲工艺界受其影响，大家注意到物品的"实用的便利"和"形式的美观"二条件。欧洲现代生活形式的进步，莫理士与有力焉。

我国物质生活基础远不及欧洲人的稳固，试看那些穷乡僻壤的劳工们的生活形式，实在都没有及格。他们用的都是粗粝的家具，因陋就简，得过且过，哪里谈得上工艺美术？他们救死唯恐不暇，哪里顾得"可笑"和"不便"？但这是暂时的状态。大家努力振兴，将来一定大家能够获得生活的幸福。所以我认为工艺极应该收入在艺术的范围内。希望它能受艺术家的注意，郑重地加以改良和提倡。

三十二〔1943〕年十月十六日于沙坪坝

艺术教育的本意

"艺术的"三字，被人误用为"漂亮的""华丽的""摩登的"意义。因此，"艺术教育"一名词也尝被人误解，以为就是画画，唱歌等的教育。其实完全不然，"艺术的"不一定漂亮，华丽，或摩登。"艺术教育"也不单是教画与教唱。不漂亮、不华丽、不摩登的，很可以是"艺术的"。不会描画，不会唱歌的，也很可以是饱受艺术教育的人，知道了艺术教育的本意，便相信此言之不谬。

真、善、美，是人性的三要件。三位一体，缺一不可。凡健全之人格，必具足此三要件。教育的最大目的，便是这三要件的平均具足的发展。因为真是知识的教育，善是意志的教育，美是感情的教育。知识、意志、感情，三方面的教育平均具足，方能造成健全之人格。

但教育的重心，可以专注在三者中的某一方面。专注在意志方面的，为道德教育，专注在知识方面的，为科学教育，专注在感情方面的，为艺术教育，以前引用过"礼体为教，其用主和"的话。现在再用此法说明，即：道德教育之体为真美，其用主善，科学教育之体为善美，其用主真。艺术教育之体为真善，其用主美。

故道德教育是善的教育，科学教育是真的教育，艺术教育是美的教育。但这不过是就外形而言，不是绝对的。真善美好比一个鼎的三只脚。我们安置这个鼎的时候，哪一只脚放在外面，可以随便。但是后面的其他两只脚，一只也缺少不得。缺少一只，鼎就摆不稳，譬如：道德教育倘绝对注重意志方面，其病为"任意"，任意的结果是"顽固"。科学教育倘绝对注重知识方面，其病为"任知"，任知的结果是"冷酷"。艺术教育倘绝对注重感情的方面，其病为"任情"，任情的结果是"放浪"，都是不健全的教育。欧化东潮之初，我国人盲法西洋，什么都变本加厉，"城中好高髻，四方高一尺"的状态，时有所见。研究科学回国的人，把人看得同机械一样。研究艺术回国的人，看见中国里只有他一个人。美其名曰"浪漫"。所谓"象牙塔里的艺术"，就是这班人造出来的。

故艺术教育虽可说是"美的教育"，但不可遗弃背后的真善二条件。否则就变成"唯美的""殉美的""浪漫的""放浪的"，不是健全的艺术教育了，这道理可以用画来说明：譬如描一幅肖像画，必须顾到三个条件，第一，你要描写的人必须是可敬爱的人。第二，你必须描得肖似逼真。第三，布置设色用笔必须美观。第一条就是善，第二条就是真，第三条就是美。缺了一条，就不是良好的肖像画。其结果诸君可推想之。

所以描一幅画，看似小事，其实关系于根本的精神修养，我们不能单从图画上面着手艺术教育，必须根本地从"感情"的教育着手。故艺术教育，又可说是"情的教育"。情的教育的要旨，一方面在培植感情，使它发展，他方面又要约束感情，使他不越轨道。——这就是"节制"。《檀弓》里有一段名文我大约记得如此：

"曾子寝疾，病。乐童子春坐于床下，曾元坐于足，童子隅坐而执烛。童子曰，华而睆，大夫之箦欤？子春曰，止。童子曰，华而睆，大夫之箦欤？……曾子曰，然。我未之能易也，元起易箦，曾元曰，夫子之病亟矣。不可以变。幸而至于旦，敬请易之。曾子曰，尔之爱我也，不如彼。君子之爱人也以德，小人之爱人也以姑息。吾得正而毙焉，斯已矣。举扶而易之，及席未安而没。"这可谓得情理之正，可为千古美谈。盖爱亲是情。爱亲而至于姑息，便是"任情"，便是"放浪"，任情放浪的爱，其实不是爱而是害。抗战时代，可歌可泣之事甚多，此种证例亦甚易找。苗可秀的同志因多敬爱他，要陪着他一同殉国，徒忽牺牲，即不免"姑息"，"殉情"的批评，而不能称为大爱。感情教育不健全，对人的爱亦不正大，故情的教育，又可称为"爱的教育"。

《爱的教育》，是意大利人亚米契斯的一册名著。中国有夏丏尊先生的译本。然而这册书中所讲的爱，不免稍偏重于情，所以有"软性教育"之评，后来亚米契斯的朋友为了矫正他这一点，另著一册《续爱的教育》，夏先生也有译本。这书纠正前书中偏重感情的缺点，主张硬性教育。这两册书，在教育者是值得一读的。翻开《爱的教育》第一页来，即可看到过于重情而近于感伤的事例，秋季开学的时候，一位女先生换了一班主任。看见原来主任班里的学生，因为惜别，感伤得说不出话来，甚至几乎下泪。又如"少年笔耕"中的叙利亚，夜里偷偷地起来代父亲佣书，弄得身体衰弱，学业荒废，也是偏重感情而走入姑息与小爱的一例。这使我联想起中国古代的二十四孝来。王祥卧冰得鲤，吴猛恣蚊饱血，郭巨为母埋儿，都孝得不成样子，其过当比曾子耘瓜更甚。这些事例，可说是殉情，殉善，而失却了真理，但中国人著书，往往不重事，而注重事实所表现的一种思想，或事实所象征的一种真理。故其事实往往过分夸大而不可信。《爱的教育》著者，颇有中国著者的风度。故这种书虽有缺陷，终不失为涵养感情的一种手段。

美的教育，情的教育，爱的教育，皆以涵养感情为要义。故艺术教育必须选择几种最适于涵养感情的东西来当作手段，最适于涵养感情的，是美色和美声。换言之，就是图画科和音乐科。这些声色之中，真善美俱足，情理得中，多样统一，最能给人一种暗示，不知不觉之间，把我的感情潜移默化，使趋于健全。所以健全的艺术教育不仅注重描画唱歌的技巧，而必须注重其在生活上的活用，譬如儿童无故在白色的粉墙上乱涂，在美丽的雪地里小便，这等都是图画音乐的教育不健全之故。不然，儿童应有爱美心，不忍无端破坏世间一切美景。有的儿童，无故毁坏自然，无故残杀生命，以破坏为乐，最好"不艺术的"。譬如无端毁坏一个蛛网，推广此心，便可滥用权势来任意破坏别人的事业。无端踏杀一群蚂蚁,推广此心,便可用飞机载了炸弹到市区狂炸。所谓毫厘千里之差,即在于此,人在世间行事,理智常受感情的控制。故表面看来照理行事,暗中是因情制宜。"以力服人者,貌恭而不心服",便是情在那里作怪。故情的教育,在无形中,比其他教育有力得多,艺术教育的重要性即在于此。

鲁迅先生与美术

记得抗战前某年某日，我同了陶元庆君去访鲁迅先生，时间是上午十时后，他还躺在床里，拥着被和我们谈话。我记得他说："人家说我动笔就骂人，我躺着不动笔，让他们舒服些罢！"我们都苦笑，辞出的时候，陶君对我说："还是让他躺着，可以多想出些文章来。"

的确，鲁迅先生对于恶劣的环境的战斗是最勇敢的。所以别人说他"动笔就骂人"。我最近读他的遗著，一方面觉得感佩，一方面又觉得可惜。我想，假使鲁迅先生再寿长一点，眼见中国解放，恶劣环境消灭，他将何等的高兴、何等的欢欣！而他的笔将不再"动就骂人"，一定能给新中国的人民以更多的宝贵教训和指导了。佛经有斥妄和显正之别。鲁迅先生的短文中，斥妄的多，显正的少，是恶劣环境所迫成。我觉得这是一种遗憾。

但在美术方面，这种遗憾较少。他提倡木刻，介绍新艺术论，不遗余力，对于新时代美术，他早已做了不少显正的领导的工夫了。记得我那天去访他，是为了厨川白村的《苦闷的象征》的事。我因为不知道他在翻译这书，我也翻译了，而且两译本同时出版（我的在商务印书馆出版，他的大约是在北新书局）。出版以后，我才知道。倘早知鲁迅先生在翻译，我就作罢了。因为他的理解力和文笔都胜于我，我又何必多此一举呢。那天我去访，就是说明这点意思。但他毫不介意，对我说："这有什么关系，在日本，一册书有五六种译本不算多呢。"接着，对我和陶君大谈中国美术界的沉寂、贫乏与幼稚，希望我们多做一点提倡新艺术的工作。我知道他幼时是很爱画的，曾经抄印西游记和荡寇志的全部绣像，后来为了要钱用，卖给一个同学。能卖钱，可想而知画得很好，如果鲁迅先生肯分一部分写文的时间来作画，我们现在一定还可得到许多模范的美术作品。可惜他没有这余暇，但他的艺术论旨：艺术与产业合一，理性与感情合一，真善美合一，现实的理想的必要……已足够为今日美术界的领导者了。

一九四九年十月十五日于上海

西湖忆旧

我少年时代是西湖上的学生,中年时代是西湖上的寓公,现在老年时代,是西湖上频来的游客。除了抗战期间阔别九年之外,西湖上差不多每年春秋都少不了我的足迹。西湖的山水给我的印象是优美;详言之,是秀丽;再详言之,是妩媚。辛稼轩说:"我见青山多妩媚,料青山见我应如是。"我觉得第一句拿来描写西湖上的青山,最为恰当;不过第二句有些可笑。

这印象最初是由一个歌曲帮我造成的。我少年时代在西湖上当学生,我们的音乐教师李叔同先生——就是后来在虎跑寺出家为僧的弘一法师——教我们唱一个三部合唱的歌曲,叫做"西湖"。歌词是李先生自己作的,我至今还背得出:

(高音部独唱)

看明湖一碧,六桥锁烟水。

塔影参差,有画船自来去。

垂杨柳两行，绿染长堤。

飏晴风，又笛韵悠扬起。

（中音部独唱）

看青山四围，高峰南北齐。

山色自空濛，有竹木媚幽姿。

探古洞烟霞，翠朴须眉。

霎暮雨，又钟声林外起。

（次中音部独唱）

看明湖一碧，六桥敛烟水。

塔影参差，有画船自来去。

垂杨柳两行，绿染长堤。

飏晴风，又笛韵悠扬起。

（三部合唱）

大好湖山如此，独擅天然美。

明湖碧，又青山绿作堆。

漾晴光潋滟，带雨色幽奇。

靓妆比西子，尽浓淡总相宜。

  李先生是天津人，曾经在上海作寓公，在杭州当教师，最后在西湖上出家。出家以前作这曲歌，还刻了个图章："襟上杭州旧酒痕"。这位"艺僧"对杭州和西湖的好感，于此盖可想见。我少年时候常常在星期天跟两三个同学到西湖上游玩，当然是步行。往往一边步行，一边唱这曲歌。我年纪最小，嗓子最高，总是唱高音部；另外几个同学唱中音部和次中音部。这比较在音乐教室里唱畅快得多。因为面对着实景，唱出来的个个字都不落空，都有印证；有时唱到"又钟声林外起"，正好远远地飘来一声晚钟。这样，艺术美和自然美互相衬托，互相掩映，就觉得这曲歌越唱越好听，这西湖越看越妩媚。现在回想，这时候我真是十足地欣赏了西湖的美。

然而这十足地欣赏到后来就打折扣。李先生出家后不久，我结束了学生时代，开始奔走衣食。那时候我游玩西湖，不再一边步行一边唱歌；大都是陪着三朋四友，乘车、坐船、品茗、饮酒。西湖的妩媚固然依旧，然而妩媚之中有一种人造的缺陷，常常侵扰我的观感，伤害我的心情，使西湖的美大为减色，使我的游兴大打折扣。这人造的缺陷就在于人事上：

游西湖最主要的交通工具是游船，即杭州人所谓"划子"。这种划子一向入诗、入词、入画，真是风雅不过的东西；红尘万丈的都市里来的人坐在这种划子里荡漾湖中，其有"春水船如天上坐"的胜概。于是划划子的人就奇货可居，即杭州人所谓"刨黄瓜儿"。你要坐划子游西湖，先得鼓起勇气来，同划划子的人们作一场斗争，然后怀着余怒坐到划子里去"欣赏"西湖景致。照例是在各名胜古迹地点停船：平湖秋月、中山公园、西泠印社、岳坟、三潭印月、雷峰夕照、刘庄、汪庄……这些名胜古迹的确是环肥燕瘦，各有其美；然而往往不能畅游，不能放心地欣赏。因为这些地方的管理者都特别"客气"，一看到游客，立刻端出茶盘来；倘使看到派头阔绰的游客，就端出果盒来。这种盛情，最初领受一二，也还可以；然而再而三、三而四，甚至而五、而六、而七……游客便受宠若惊，看见茶盘连忙逃走，不管后面传来奚落的、讥讽的叫声。若是陪着老年人游玩，处处要坐下来休息，而且逃不快，那就是他们所最欢迎的游客了。我在这些时候往往联想起上海西藏路一带夜间行人的遭遇，虽然这比拟不免唐突了些。

　　游西湖要会斗争，会逃走——这是我数十年来的宝贵经验。直到最近几年，解放后几年，这宝贵经验忽然失却效用。有一年我到杭州，突然觉得西湖有些异样：湖滨栏杆旁边那些馋涎欲滴的划子手忽然不见了，讨价还价的斗争也没有了，只看见秩序井然的卖票处和和颜悦色的舟子。名胜古迹中逐人的茶盘也不见了，到处明山秀水，任你逍遥盘桓。这时候我才重新看到少年时代所见的十足美丽的西湖；不，少年时代我还不是斗争的对象，还没有逃走的资格，看不到这种人造的缺陷，只觉得山水的妩媚，这是片面的观感，不足为凭。现在所看到的，才真是十足美丽的西湖了。

　　"西子蒙不洁，则人皆掩鼻而过之。"解放前数十年间，我每逢游湖，就想起这两句话，路过湖滨的船埠头，那种扁烟瘴气竟可使我"掩鼻"。解放之后，西子"斋戒沐浴"过了。"大好湖山如此"，不但"独擅天然美"，又独擅了"人事美"。现在唱起这歌曲来，真可感到十足的畅快了。李先生的灵骨,前年由我们安葬在虎跑寺后面山坡上的石塔下。往生西方的李先生如果有时也回到虎跑来,看到这"大好湖山"现在已经"如此",一定欢喜赞叹!

一九五六年八月廿二日作于上海

/丰子恺散文精选/

"艺术的逃难"

其实与其称为"艺术的逃难",
不如称为"家教的逃难"。
因为如果没有缘,艺术是根本无用的。
……
这些"缘"却是天造地设,
即非人力所能把握。

劳者自歌（三则）

粥饭与药石

　　原来是个健全的身体：五官灵敏，四肢坚强，百体调和。每日所进的是营养丰富，滋味鲜美的粥饭。

　　一种可恶的病菌侵入了这个身体，使他生起大病来。头晕目眩，手足挛痉，血脉不和。为欲使他祛病复健，就给他吃杀菌的剧药，以毒攻毒，为他施行针灸，刀圭，以暴除暴。

　　但这是暂时的。等到大病已除，身体复健的时候，他必须屏除剧药，针灸和刀圭，而仍吃粥饭等补品，使身体回复健全。

　　我们中华民族因暴寇的侵略而遭困难，就好比一个健全的身体受病菌的侵害而患大病。一切救亡工作就好比是剧药，针灸和刀圭，文艺当然也如此。我们要以笔代舌，而呐喊"抗敌救国！"我们要以笔当刀，而在文艺阵地上冲锋杀敌。

　　但这也是暂时的。等到暴敌已灭，魔鬼已除的时候，我们也必须停止了杀伐而回复于礼乐，为世界人类树立永固的和平与幸福。

病时须得用药石；但复健后不能仍用药石而不吃粥饭。即在病中，除药石外最好也能进些粥饭。人体如此，文艺界也如此。

廿七年〔1938〕年四月十日，汉口。

散沙与沙袋

沙是最不可收拾的东西。记得十年前，我在故乡石门湾的老屋后面辟一儿童游戏场，买了一船河沙铺在场上。一年之后，场上的沙完全没有了。它们到哪里去了呢？一半黏附了行人的鞋子而带出外面去，还有一半陷入泥土里，和泥土相混杂，只见泥而不见沙了。这一船沙共有十多石，讲到沙的粒数，虽不及"恒河沙数"，比我们中华民国的人口数目，一定更多。这无数的沙粒到哪里去了呢？东西南北，各自分散，没有法子召集了。因为它们的团结力非常薄弱，一阵风可使它们立刻解散。它们的分子非常细小，一经解散，就不可收拾。

但倘用袋装沙，沙就能显示出伟大的能力来。君不见抗战以来，处处地方堆着沙袋，以防敌人的炮火炸弹的肆虐么？敌人的枪子和炮弹一碰着沙袋，就失却火力，敌人的炸弹片遇着沙袋，也就不能伤人，沙的抵抗力比铁还大，比石更强。这真是意想不到的功用。

原来沙这种东西，没有约束时不可收拾，一经约束，就有伟大的能力。中国四万万人，曾经被称为"一盘散沙"。抗战"好比一只沙

"艺术的逃难"

袋"，现在已经把他们约束了。

廿七年〔1938年〕四月十日，汉口。

喜 剧

同学孔君从浙江走浙赣路来汉口。一下车，就被警察错认为日本间谍，拉去拘禁在公安局。因为孔君脸色焦黄，眉浓目小，两颊多须，剃成青色，而且西发光泽，洋服楚楚，外形真像日本人。警察的错认是难怪的。

他向警察声辩，说是自家人，不是敌人。警察问"你是中国哪地方人？"孔君答："我是浙江萧山人，刚才从萧山来。"警察问："你是萧山人，应该会讲萧山话。你讲几句看！"孔君就讲了一套道地的萧山话。警察冷笑着说："你们日本人真有小聪明，萧山话学得很像！"这使孔君无法置辩，只得任其拘禁。一面设法打电话通知汉口的朋友，托他们来保。结果被拘禁五六小时，方始恢复自由。演了一出喜剧。

晚上我同孔君共饮，就用这件逸事下酒。我安慰孔君说："你虽失却了五六小时的自由，但总是可喜的。我们侦察日本间谍，惟恐其不严。过严是可以体谅的。你们孔家人往往吃这种眼前亏：昔夫子貌似阳货，几乎送了性命。今足下貌似敌人，失却五六小时的自由，是便宜的。"

廿七年〔1938年〕四月十一日，汉口

还我缘缘堂

　　二月九日天阴,居萍乡畷鸭塘萧祠已经二十多天了,这里四面是田,田外是山,人迹少到,静寂如太古。加之二十多天以来,天天阴雨,房间里四壁空虚,行物萧条,与儿相对枯坐,不啻囚徒。次女林先性最爱美,关心衣饰,闲坐时举起破碎的棉衣袖来给我看。说道:"爸爸,我的棉袍破得这么样了!我想换一件骆驼绒袍子。可是它在东战场的家里——缘缘堂楼上的朝外橱里——不知什么时候可以去拿得来。我们真苦,每人只有身上的一套衣裳!可恶的日本鬼子!"我被她引起很深的同情,心中一番惆怅,继之以一番愤懑。她昨夜睡在我对面的床上,梦中笑了醒来。我问她有什么欢喜。她说她梦中回缘缘堂,看见堂中一切如旧,小皮箱里的明星照片一张也不少,欢喜之余,不觉笑了醒来,今天晨间我代她作了一首感伤的小诗:

　　儿家住近古钱塘,也有朱栏映粉墙。
　　三五良宵团聚乐,春秋佳日嬉游忙。

"艺术的逃难"

> 清平未识流离苦，生小偏遭破国殃。
> 昨夜客窗春梦好，不知身在水萍乡。

平生不曾作过诗，而且近来心中只有愤懑而没有感伤。这首诗是偶被环境逼出来的。我嫌恶此调，但来了也听其自然。

邻家的洪恩要我写对。借了一枝破大笔来。拿着笔，我便想起我家里的一抽斗湖笔，和写对专用的桌子。写好对，我本能伸手向后面的茶几上去取大印子，岂知后面并无茶几，更无印子，但见萧家祠堂前的许多木主，蒙着灰尘站立在神祠里，我心中又起一阵愤懑。

晚上章桂从萍乡城里拿邮信回来，递给我一张明片，严肃地说："新房子烧掉了！"我看那明片是二月四日上海裘梦痕[①]寄发的。信片上有一段说"一月初上海新闻报载石门湾缘缘堂已全部焚毁，不知尊处已得悉否"；下面又说："近来报纸上常有误载，故此消息是否确凿不得而知。"此信传到，全家十人和三个同逃难来的亲戚，齐集在一个房间里聚讼起来，有的可惜橱里的许多衣服，有的可惜堂上新置的桌凳。一个女孩子说：大风琴和打字机最舍不得。一个男孩子说：秋千架和新买的金鸡牌脚踏车最肉痛。我妻独挂念她房中的一箱垫[②]锡器和一箱垫瓷器。她说：早知如此，悔不预先在秋千架旁的空地上掘一个地洞埋藏了，将来还可以发掘。正在惋惜，丙潮从旁劝慰道："信片上写着'是否确凿不得而知'，那么不见得一定烧掉

[①] 裘梦痕，系作者在立达学园执教时的同事（音乐教师）。
[②] 箱垫，即搁箱子的柜子。

还我缘缘堂

的。"大约他看见我默默不语,猜度我正在伤心,所以这两句照着我说。我听了却在心中苦笑。他的好意我是感谢的。但他的猜度却完全错误了。我离家后一日在途中闻知石门湾失守,早把缘缘堂置之度外,随后陆续听到这地方四得四失,便想象它已变成一片焦土,正怀念着许多亲戚朋友的安危存亡,更无余暇去怜惜自己的房屋了。况且,沿途看报某处阵亡数千人,某处被敌虐杀数百人,像我们全家逃出战区,比较起他们来已是万幸,身外之物又何足惜!我虽老弱,但只要不转乎沟壑,还可凭五寸不烂之笔来对抗暴敌,我的前途尚有希望,我决不为房屋被焚而伤心,不但如此,房屋被焚了,在我反觉轻快,此犹破釜沉舟,断绝后路,才能一心向前,勇猛精进。丙潮以空言相慰,我感谢之余,略觉嫌恶。

然而黄昏酒醒,灯孤人静,我躺在床上时,也不免想起石门湾的缘缘堂来。此堂成于中华民国二十二年,距今尚未满六岁。形式朴素,不事雕斫而高大轩敞。正南向三开间,中央铺方大砖,供养弘一法师所书《大智度论·十喻赞》,西室铺地板为书房,陈列书籍数千卷。东室为饮食间,内通平屋三间为厨房,贮藏室,及工友的居室。前楼正寝为我与两儿女的卧室,亦有书数千卷,西间为佛堂,四壁皆经书,东间及后楼皆家人卧室。五年以来,我已同这房屋十分稔熟。现在只要一闭眼睛,便又历历地看见各个房间中的陈设,连某书架中第几层第几本是什么书都看得见,连某抽斗(儿女们曾统计过,我家共有一百二十五只抽斗)中藏着什么东西都记得清楚。现在这所房屋

"艺术的逃难"

已经付之一炬，从此与我永诀了！

我曾和我的父亲永诀，曾和我的母亲永诀，也曾和我的姐弟及亲戚朋友们永诀，今和房子永诀，实在值不得感伤悲哀。故当晚我躺在床里所想的不是和房子永诀的悲哀，却是毁屋的火的来源。吾乡于中华民国二十六年十一月六日，吃敌人炸弹十二枚，当场死三十二人，毁房屋数间。我家幸未死人，我屋幸未被毁。后于十一月二十三日失守，失而复得，得而复失，失而复得，得而复失……以至四进四出，那么焚毁我屋的火的来源不定：是暴敌侵略的炮火呢，还是我军抗战的炮火呢？现在我不得而知，但也不外乎这两个来源。

于是我的思想达到了一个结论：缘缘堂已被毁了。倘是我军抗战的炮火所毁，我很甘心！堂倘有知，一定也很甘心，料想它被毁时必然毫无恐怖之色和凄惨之声，应是蓦地参天，蓦地成空，让我神圣的抗战军安然通过，向前反攻的。倘是暴敌侵略的炮火所毁，那我很不甘心，堂倘有知，一定更不甘心。料想它被焚时，一定发出喑呜叱咤之声："我这里是圣迹所在，麟凤所居。尔等狗彘豺狼胆敢肆行焚毁！亵渎之罪，不容于诛！应着尔等赶速重建，还我旧观，再来伏法！"

无论是我军抗战的炮火所毁，或是暴敌侵略的炮火所毁，在最后胜利之日，我定要日本还我缘缘堂来！东战场，西战场，北战场，无数同胞因暴敌侵略所受的损失，大家先估计一下，将来我们一起同他算账。

〔1938年〕

一饭之恩

——避寇日记之一

去年冬天我与曹聚仁兄在兰溪相会,他请我全家吃饭。席上他忽然问我:"你的孩子中有几人欢喜艺术?"我遗憾地回答说:"一个也没有!"聚仁兄断然地叫道:"很好!"

我当时想不通不欢喜艺术"很好"的道理。今天,三月二十三日,我由长沙到汉口。就有人告诉我:"曹聚仁说你的《护生画集》可以烧毁了!"我吃惊之下,恍然记起了去冬兰溪相会时的谈话,又忽然想通了他所谓不欢喜艺术"很好"的道理,起了下面的感想:

"《护生画集》可以烧毁了!"这就是说现在"不要护生"的意思。换言之,就是说现在提倡"救国杀生"的意思。这思想,我期期以为不然。从皮毛上看,我们现在的确在鼓励"杀敌"。这么惨无人道的狗彘豺狼一般的侵略者,非"杀"不可。我们开出许多军队,带了许多军火,到前线去,为的是要"杀敌"。

但是,这件事不可但看皮毛,须得再深思一下:我们为什么要

"艺术的逃难"

"杀敌"？因为敌不讲公道，侵略我国；违背人道，荼毒生灵，所以要"杀"。故我们是为公理而抗战，为正义而抗战，为人道而抗战，为和平而抗战。我们是"以杀止杀"，不是鼓励杀生。我们是为护生而抗战。

《护生画集》中所写的，都是爱护生灵的画。浅见的人看了这些画，常作种种可笑的非难：有一种人说："今恩足于及禽兽，而功不至于百姓者，独何欤？"又有一种人说："用显微镜看，一滴水里有无数小虫。护生不能彻底。"又有一种人说："供养苍蝇，让它传染虎列拉①吗？"他们都是但看皮毛，未加深思；因而拘泥小节，不知大体的。《护生画集》的序文中分明说是："护生"就是"护心"。爱护生灵，劝戒残杀，可以涵养人心的"仁爱"，可以诱致世界的"和平"。故我们所爱护的，其实不是禽兽鱼虫的本身（小节），而是自己的心（大体）。换言之，救护禽兽鱼虫是手段，倡导仁爱和平是目的。再换言之，护生是"事"，护心是"理"。以前在报纸看见一段幽默故事，颇可以拿来说明护生的意旨：有一位乡下老婆进城，看见学校旁边的操场上，有两大群学生正在夺一根绳，汗流满面，声嘶力竭，起而复仆者再，而绳终未夺得。老婆见此，大发慈悲，上前摇手劝阻道："请你们息争！这种绳子舍间甚多，回头拿两根奉送你们！"盖此老婆只见夺绳的"事"，不解拔河之戏之"理"，故尔闹此笑话，护生者倘若执着于禽兽鱼虫，拘泥于放生吃素，而忘却

---

① 虎列拉，cholera（霍乱）一词的旧时译名。

了"护心""救世"的本旨，其所见即与此乡下老婆相等，也是闹笑话。故佛家戒杀，不为己杀的三净肉可食。儒家重仁，不闻其声亦忍食其肉，故君子远庖厨。吃三净肉和君子远庖厨，都是"掩耳盗铃"。掩耳盗铃就是"仁术"。无端有意踏杀一群蚂蚁，不可！不是爱惜几个蚂蚁，是恐怕残忍成性，将来会用飞机载了重磅炸弹而无端有意去轰炸无辜的平民！岂真爱惜几个蚂蚁哉，所以护生的掩耳盗铃，是无伤的。我希望读《护生画集》的人，须得体会上述的意旨，勿可但看皮毛，拘泥小节。这画集出版已经十年，销行已达二十万册。最近又有人把画题翻译为英文，附加英文说明，在欧美各国推销着。在现今这穷兵黩武，惨无人道的世间，《护生画集》不但不可烧毁，我正希望它多多添印，为世界人类保留一线生机呢！

现在我们中国正在受暴敌的侵略，好比一个人正在受病菌的侵扰而害着大病。大病中要服剧烈的药，才可制胜病菌，挽回生命。抗战就是一种剧烈的药。然这种药只能暂用，不可常服。等到病菌已杀，病体渐渐复元的时候，必须改吃补品和粥饭，方可完全恢复健康。补品和粥饭是什么呢？就是以和平，幸福，博爱，护生为旨的"艺术"。

我的儿女对于"和平幸福之母"的艺术，不甚爱好，少有理解。我正引为憾事，叹为妖孽。聚仁兄反说"很好"，不知其意何居？难道他以为此次抗战，是以力服人，以暴易暴；想步莫索里尼〔墨索里尼〕，希特勒，日本军阀之后尘，而为扰乱世界和平的魔鬼之一吗？

"艺术的逃难"

我相信他决不如此。因为我们抗战的主旨处处说着：为和平而奋斗！为人道而抗战！我们的优待俘虏，就是这主旨的实证。

从前我们研究绘画时，曾把画人分为两种：具有艺术思想，能表现人生观的，称为"画家"，是可敬佩的。没有思想，只有技巧的，称为"画匠"，是鄙贱的。我以为军人也可分为两种：为和平而奋斗，为人道而抗战，以战非战，以杀止杀的，称为"战士"，是我敬佩的。抚剑疾视，好勇斗狠，以力服人，以暴易暴的，称为"战匠"，是应该服上刑的。现今世间侵略国的军人，大都是战匠，或被强迫为战匠。世界和平，人类幸福，都被这班人所破坏，真是该死！所以我们此次为和平而奋斗，为人道而战争，我以为是现世最神圣的事业。这抗战可为世界人类造福。这一怒可安天下之民。

杜诗云："天下尚未宁，健儿胜腐儒。"在目前，健儿的确胜于腐儒。有枪的能上前线去杀敌。穿军装的逃起难来比穿长衫的便宜。但"威天下，不以兵甲之利"。最后的胜利，不是健儿所能独得的！"仁者无敌"，兄请勿疑！

我曾在流难中，受聚仁兄一饭之恩。无以为报，于心终不忘。写这篇日记，聊作答谢云尔。

〔1938年〕

神鹰东征琐话

投我以炸弹，报之以传单。匪报也，永以为教也。

五月十九日午夜，中国神鹰精锐飞机一队由徐焕升队长率领，东征日本，于熊本、久留米、福冈等处发散传单百万份，安然飞返。传单文略谓："尔再不训，则百万传单，将一变而为千吨炸弹，尔其戒之。"

二十日下午一时许，我听见人说，中国的空军带赴日本的不是传单而是炸弹。其中一个人说："我们应该去投炸弹。他们在我们国内投了无数炸弹，杀了无数人民，我们应该去报复一下。况且，对这么残暴的敌人，还要用传单讲什么理呢？"到了下午四点钟，号外出了。大家才知道确是去投传单。然而在人群中还时时听到怨声。他们咕噜地说："为什么不投炸弹呢？太可气了……"这些话引起了我的一些感想。

中国空军此次东征，态度至极堂皇，使命至极神圣。足为世间文

"艺术的逃难"

明大国的表式，足为世间野蛮侵略者的警诫。盖日本向中国人乱投弹，其实并无伤害炸中国，却在那里炸毁日本自己的国家命根。因之中国投在日本地方的传单，看似一张纸，其实每一份是一个重磅炸弹的种子。这些种子将在日本人的心发芽生长而爆发出来，炸毁日本军阀的命根。这些种子还要散播在全世界的人心中，长出无数的重磅炸弹来，炸毁世界上一切暴徒的命根，而促成和平幸福的大同世界。

孟子说："以力服人者，非心服也，力不赡也。以德服人者，中心悦而诚服也，如七十子服孔子也。"这几句话说明着一个千古不易的定理：即道德胜于暴力，公理胜于强权。近视眼的人，只看见目前世界上的弱肉强食的事实。就以为要在世间立国，只有扩张军备，与世间的暴徒争一日之长，其实这是舍本逐末的浅见的自杀政策。甲国造飞机一千架。乙国造二千架来制胜他，丙国又造三千架来制胜他，丁国又造四千架来制胜他……这样下去，穷兵黩武，没有底止，和平之神愈走愈远，世界终于变成了修罗场，人间地狱，人类的末日，就来到了。所以武力只能暂时用以制暴，决不能作为立国治世的基本。现在暴日侵略我国，残杀人民。我们必须用炮火去抗战。但这是以毒攻毒。仿佛人体受病菌侵害，必须剧药，以杀病菌。但等到病菌杀尽，人体复健的时候，我们决不再服剧药，而需要营养丰富的粥饭了。这剧药好比抗战，粥饭好比人道，公理，正义，礼乐，我们是不得已而抗战，不是要用武力来同暴寇争长。他们在我们国内投了无数炸弹，杀了无数人民，这是他们的违犯国际公法，他们的背叛人道，他们的自杀政策。倘使我们的空军也带上炸弹去炸杀日本的人民，我们就也犯法律，伤道德，而我们的神圣抗战就变成"以暴易暴"了。上面所引孟子的话，没有引完，其下文又说："诗云：自东自西，自南自北，无思不服。此之谓也。"因为以德服人，人皆心悦诚服。所以治国平天下，非常容易。古代商汤的王天下，便是一个实例。孟子写汤的以德服人，说："东面而征西夷怨，南面而征北狄怨。曰：'奚我后，后来其苏。'"又说："民望之，若大旱之望云霓也。"盖世人爱和平者多，好杀人者少。若有好和平的人出来征伐，世间一定到处响应，到处盼望他的来征。正如孟子所说："今夫天下之人牧，未有不嗜杀人者也。如有不嗜杀人者，则天下民，皆引领而望之矣。"所以此次中国空军东征，不投炸弹而投传单，正是向日本人民宣扬我们的仁政，向日本人民表明我们的不嗜杀人。拾着我们的传单的日本人民，这几天一定在心中叫："奚我后，后来其苏。"不过他们被日本军阀所强制，不敢出声而已。我们这一类的仁政将来积多起来，一定可以使日本人民"心悦诚服，如七十子之服孔子"。那时他们自会起来打倒他们的军阀，不劳我们一兵一卒。有人怨我们的空军不用炸弹去报复，是浅虑之言。其实不用炸弹而用传单，是更大的报复！

俗语有句话："轻句还重句，先打没道理。"一般民众中，颇有信奉这句话的。在他们想来：日本到我国来投炸弹，我们也到日本去投炸弹，是天经地义。但这也是浅虑之言。因为日本侵略中国，不像阿二打阿大这么简单。阿二与阿大是一人对一人，日本与中国却是

"艺术的逃难"

一国对一国。一国之中，人数很多，良莠不齐，我们不能拿一小部分来代表全体。侵略阿比西尼亚的是意大利人。但仁慈恻隐的《爱的教育》的著者也是意大利人。同理侵略中国的是日本人，但同情于中国而反对侵略的日本人，亦正不少。最近日本国内常有因反战而被捕的，日本军队里常有反战而自杀的，日本兵士常有反侵略而向中国投诚的，日本俘虏的供词，多数是被迫从军，不愿参加侵略战的——这些事实在近来的报纸上，时时可以看到。可见侵略中国的是少数的日本人。大多数的日本人是无害于中国或同情于中国的。倘根据"轻句还重句，先打没道理"的俗语，而用炸弹去炸杀东京，大阪的平民，则又是俗语所谓"吃了对门，谢隔壁"了。

孙中山先生的三民主义，处处教人以促进"世界大同"为最后目的。胸襟博大，至可钦佩。在军阀穷兵黩武的今日，我们尤须励行这主义，联合世界上的善良分子来打倒恶劣分子，为世界人类保留生机。原来人类不可以一概用国家来分群。意大利有恶人，也有好人；德国有恶人，也有好人；日本有恶人，也有好人。全世界各国爱好和平的善良的劳苦大众，不论何种族，不论何国籍，都是同气连枝的好朋友。我们的抗战所要讨灭的，是日本的军阀，不是日本老百姓。所以我们的空军东征，不投炸弹而投传单，一本于孙中山先生的仁慈博大的精神，诚为大中华军人的表式！英国的《新闻纪事报》评论中国空军东征，说"传单力量强于炸弹"。因为这可以唤醒日本人民起来推翻军阀。又说：在日本，凡不利于政府及其侵略政策的新闻，一概禁止报纸揭载。因此日本人完全受政府欺骗，不明战事的真相。若中国空军能常常东征，把所有的日本军阀穷兵黩武欺骗民众的新闻用传单自空中掷下，则日本国内将起大乱，日本政府军阀的伎俩也就穷了。总之，我们不用炸弹去杀害无辜的日本民众，正是"仁政"的一端。换言之，就是促进"世界大同"的动机。孟子曰："三代之得天下也以仁，其失天下也，以不仁。国之所以兴废存亡者亦然。"又曰："仁者无敌。"我们以"仁"存心，则最后胜利必属于我。

所以我闻知中国空军东征的消息，即在心中，改作了一首《诗经》：

> 投我以炸弹，
> 报之以传单。
> 匪报也，
> 永以为教也。

桂林初面

汽车驶过了黄沙，山水渐渐美丽起来。有的地方一泓碧水，几树灌木，背后衬着青灰色的远山，令人错认为杭州。只是不见垂柳。行近桂林，山形忽然奇特。远望似犬齿，又如盆景中的假山石。我疑心这些山是桂林人用人工砌造起来的。不然，造物者当初一定在这地方闲玩过。他把石头一块块堆积起来，堆成了这奇丽的一圈。后人就在这圈子内建设起桂林城来。

进北门，只见宽广而萧条的市街，和穿灰色布制服的行人。我以为这是市梢，这些是壮丁。谁知直到市中心的中南街，老是宽广萧条的市街和灰色布制服的行人。才知道桂林市街并不繁华，桂林服装一概朴素。穿灰色布制服的，大都是公务人员。后来听人说：这种制服每套不过桂币八元，即法币四元。自省主席以下，桂林公务人员一律穿这种制服。我身上穿的也是灰色衣服，不过是质料较细的中山装。这套中山装是在长沙时由朋友介绍到一所熟识的服装店去定制的。最初老板很客气，拿出一种衣料来，说每套法币四十元，等于桂林制服十套。我不要，说只要十来块钱的。老板的脸孔立刻变色，连我的朋友都弄得没趣。结果定了现在这一套，计法币九元，等于桂林制服二又四分之一套。然而我穿着并不发见二又四分之一倍的功用，反而感觉惭愧：我一个人消耗了二又四分之一个人的衣服！

舍馆未定，先住旅馆。一问价，极普通单铺房间每天三元，普通客饭每客六角。我最初心中吓了一跳。这么高的生活程度，来日如何过去？后来才知道这是桂币的数目，法币又合半数。即房间每天一元五角，还有八折，即一元二角。客饭则每客三角。初到桂林这一天，为了桂币与法币的折算，我们受了许多麻烦。且闹了不少笑话。因为买物打对折习惯了，后来对于别的数目字也打起对折来。有人问旅馆茶房，这里到良丰多少路？茶房回答说四十里。那人便道："那末只有二十里了！"有人问一杭州人，到桂林多少时日了。杭州人答说三个月。那人便道："那末你来了一个半月了！"后来大家故意说笑，看见日历上写着六月廿四，故意说道："那么照我们算，今天是三月十二，总理逝世纪念！"租定了三间平屋，租金每月五十八元，照我们算就是二十九元。这租价比杭州贵，比上海廉。但是家徒四壁，毫无一件家具，倒是一大问题。我想租用。早来桂林的朋友忠告我，这里没有家具出租，只有买竹器，倒是价廉物美。我就跟他到竹器店。店甚陋，并无家具样子给你看，但见几个工人在那里忙着削竹。一问，床、桌、椅、凳、书架、大菜台……都会做。我们定制了十二人的用具，竹床、竹桌、竹椅、竹凳，应有尽有，共费法币三十余元。

"艺术的逃难"

在上海，这一笔钱只能买一只沙发，而且不是顶上的。在这里我又替养尊处优的人惭愧。他们一人用的坐具就耗了十二人用的全套家具，他们一人用的全套家具应抵一百二十人的所费。他们对于人类社会的贡献，是否一百二十倍于常人呢？我家未毁时，家具本来粗陋，此种惭愧较少。现在用竹器，也觉得很满足。为了急用，我们分好几处竹器店定制。交涉中，我惊骇于广西民风的朴节。他们为了约期不误，情愿回报生意，不愿欺骗搪塞。三天以后，我们十二人的用具已送到。三间平屋里到处是竹，我们仿佛是"竹器时代"的人了。

我初进旅馆时，凭在楼窗栏上闲眺，看见楼下有一个青年走过，他穿着一件白布短衫，背脊上画一个黑色的大圈。又有两个人走过，也穿着白衣服，背脊上画着许多黑点，好似米派的山水画。"这是什么呢？"我心中很奇怪。问了早来桂林的朋友，才知道这两个是违犯防空禁令的人。桂林空袭，抗战以来共只三五次。以前不曾投弹。最近六月十五日的一次，敌人在城外数里的飞机场旁投下数弹，死七人，伤数人。此后桂林防空甚严，六月廿一日起，每日上午六时至下午五时半，路上行人不准穿白色或红色的衣服。违犯者由警察用墨水笔在其人背上画一圆圈，或乱点一下，据人说有时画两个乌龟。我到桂林这一天是六月廿四，命令才下了三天，市民尚未习惯，我所见的两人，便是违犯了这禁令而被处罚的。在这禽兽逼人的时代，防空与其过宽，孰若过严。但桂林的白衣禁令，真是过严了。因为桂林的空防已经办得很周到，为任何别的都市所不及。他们城外四周是奇形的石山，山下有广大的洞——天然防空壕。桂林当局办得很周密。他们估计各山洞的容量，调查各街巷住民人口数，依照路程远近，指定空袭时某街巷的住民避入某山洞。画了地图，到处张贴，使住民各自认明自己所属的山洞，空袭时可有藏身之地。假使人人遵行的话，敌机来时，桂林的全体市民都安居在山洞中。无论他们丢了几百个重磅炸弹，也只能破坏我们几间旧房子，不得毁伤中国人的一根汗毛。我所住的地方，指定的避难所为老人洞。我来桂林已六天。天气炎热，人事繁忙，敌机不来，还没有游玩山洞的机会。下次敌机来时，我可到老人洞去游玩一下。

廿七〔1938〕年六月卅日于桂林。

未来的国民——新枚

三月间我初到长沙时,就写信给广西柳州的朋友,问他柳州的生活状况,以及从长沙到柳州的路径。当时我有三种主张,一是返沪,一是入川,一是赴桂。返沪路太远,入川路太难,终于决定赴桂。还有一更重要的原因:久闻桂有"模范省"之称,我想去看一看。所以决定赴桂。柳州的朋友覆我一封长信,言桂中种种情状,并附一纸详细的路径。结论是劝我早日入桂,表示十分的欢迎。然而长沙也是可爱的地方,虽曾被屈原贾谊涂上一层忧伤的色彩,然而无数的抗战标语早已给它遮住,如今不复有行吟痛哭之声,但见火焰一般的热情了。况且北通汉口,这实际的首都中的蓬勃的抗战热情,时常泛滥到长沙来,这环境供给我一种精神的营养,使我在流亡中不生悲观,不感失望,而且觉得极有意义,极有希望。所以我舍不得离开湘鄂,把柳州朋友的信保存在行囊中。直到五月间,桂林教育当局来信,聘我去担任"暑期艺术师资训练班"的教课,我方才启程入桂。桂林与柳州相去只有一天的行程,若赴柳州必经桂林。与我的初衷并不相背。

且在这禽兽逼人的时候，桂人不忘人间和平幸福之母的艺术，特为开班训练，这实在是泱泱大国的风度，也是最后胜利之朕兆，假使他们不来聘请我，我也想学毛遂自荐呢。我就在六月廿三日晨八时，率眷十人，同亲友八人，乘专车入桂。

从长沙到桂林，计五百五十公里，合旧时约千余里。须分两天行车。这么长的汽车旅行，我们都是第一次经历。这么崎岖的公路，我们在江南也从来没有走过。最初大家觉得很新奇，很有趣味。后来车子颠簸得厉害，大家蹙紧了眉头，相视而叹。小孩中有的嚼了舌头，有的震痛了巴掌，有的靠在窗口呕吐了。那些行李好像是活的，自己会走路。最初放在车尾，一会儿走到车中央来了。正午车子在衡阳小停，车夫教我们到站旁的小饭店去吃饭。有多数人不要吃，有些人吃了一点面。一小时后，车子又开，晚七时开到了零陵，零陵就是柳子厚所描写过的永州，然而我们没有去玩赏当地的风景，因为时候已迟，人力已倦，去进牢狱似的小客栈，大家认为无上的安乐窠，不想再出门了。

夜饭后，我巡视各房间，看见我家的老太太端坐竹凳上摇扇子，我妻拿着电筒赶来赶去寻手表（她失了手表，后来在草地上寻着），我心中就放下两块大石头。第一，因为老太太年已七十一岁，以前旅行只限于沪杭火车。最近从浙江到长沙，大半是坐船的。这么长途的汽车旅行，七十年来是第一次。她近来又患一种小毛病，一小时要小便一两次。然而她又怕臭气，茅厕里去了两次就发痧。今天她坐在

"艺术的逃难"

汽车里,面前放一个便桶。汽车开行时,便桶里的东西颠簸震荡,臭气直熏她的鼻子,然而她并不发痧,也不疲倦,还能端坐在凳上摇扇子,则明天还有大半天的行程,一定也可平安通过,使我放心。第二,我妻十年不育了,流亡中忽然受孕,怀胎已经四个月。据人说,三四个月的胎儿顶容易震脱,孕妇不宜坐汽车。然而她怀了孕怕难为情,不告诉人,冒险上汽车去。我在车中为她捏两把汗。准备万一有变,我同她半途下车求医,让余人先赴桂林,幸而直到零陵不见动静,进了旅馆她居然会赶来赶去寻手表,则明天大半天的行程,一定也能平安通过。这更使我放心而且欢庆。

大肚皮逃难,在流亡中生儿子,人皆以为不幸,我却引为欢庆。我以为这不过麻烦一点而已。当此神圣抗战的时代,倘使产母从这生气蓬勃的环境中受了胎教,生下来的孩子一定是个好国民,可为未来新中国的力强的基础分子。麻烦不可怕。现在的中国人倘怕麻烦,只有把家族杀死几个,或者遗弃几个给敌人玩弄。充其极致,还是自杀了,根本地免了麻烦。倘中国统是抱这种思想的人,现在早已全国沦亡在敌人手里,免却抗战的麻烦了!这里我想起了一件可痛心的事:去年十二月底,我率眷老幼十人仓皇地经过兰溪,途遇一位做战地记者的老同学①,他可怜我,请我全家去聚丰园吃饭。座上他郑重地告诉我:"我告诉你一件故事。这故事其实是很好的。"他把"很好"二字特别提高。"杭州某人率眷坐汽车过江,汽车停在江边时,一小

———————
① 指曹聚仁。

孩误踏机关，车子开入江中，全家灭顶。"末了他又说一句："这故事其实是很好的。"我知道了，他的意思，是说"像你这样的人，拖了这一群老小逃难，不如全家死了干净"。这是何等浅薄的话，这是何等不仁的话！我听了在心中不知所云。我们中国有着这样的战地记者，无怪第一期抗战要失败了。我吃了这顿"嗟来之食"，恨不得立刻吐出来还了他才好。然而过后我也并不介意。因为这半是由我自取。我在太平时深居简出，作文向不呐喊。逃难时警察和县长比我先走，地方混乱。我愤恨政府，曾经自称"老弱"，准备"转乎沟壑"，以明政府之罪。

因此这位战地记者就以我为可怜的弱者，他估量我一家在这大时代下一定会灭没。在这紧张的时候，肯挖出腰包来请我全家吃一餐饭，在他也是老同学的好意。这样一想，我非但并不介意，且又感谢他了。我幸而不怕麻烦，率领了老幼十人，行了三四千里戎马之地，居然安抵桂林。路上还嫌家族太少，又教吾妻新生一个。这回从长沙到桂林的汽车中，胎儿没有震脱，小性命可保。今年十月间，我家可以增一人口，我国可以添一国民了。十年不育，忽然怀胎，事情有点希奇。一定是这回的抗战中，黄帝子孙壮烈牺牲者太多，但天意不亡中国，故教老妻也来怀孕，为复兴新中国增添国民。当晚我们在零陵的小旅馆里欢谈此事，大家非常高兴。我就预先给小孩起名。不论男女，名曰"新枚"。这两字根据我春间在汉口庆祝台儿庄胜利时所作的一首绝诗。诗云："大树被斩伐，生机并不绝。春来怒抽条，气象

"艺术的逃难"

何蓬勃！"这孩子是抗战中所生，犹似大树被斩伐后所抽的新条。我最初拟即名之曰"新条"。他（或她）的大姐陈宝说，条字不好听，请改"条枚"的枚字。我赞成了。新枚虽未出世，但他（或她)的名字已经先到人间。家人早已虚席以待了。

第二天，又是八点钟开车。零陵以西的公路比前愈加崎岖。有时汽车里的人被抛到半尺之高。下午三时到桂林，全家暂住大中华旅馆。新枚还是安睡在他（或她）母亲的肚子里，也被带进大中华。

大中华民国廿七〔公元1938〕年六月廿
五日于桂林，大中华旅馆三〇三号。

中国就像棵大树

得《见闻》第二期,读憾庐①先生所作《摧残不了的生命》,又看了文末所附照相版插图,心中有感,率尔捉笔,随记如下:

为的是我与憾庐先生有同样的所见,和同样的感想。春间在汉口,偶赴武昌乡间闲步,看见野中有一大树,被人斩伐过半,只剩一干。而春来干上怒抽枝条,绿叶成荫。新生的枝条长得异常的高,有几枝超过其他的大树的顶,仿佛为被斩去的"同根枝"争气复仇似的。我一看就注目,认为这是中华民国的象征。我徘徊不忍去,抚树干而盘桓。附近走来两个孩子,一男一女,似是姐弟。他们站在大树前,口说指点,似乎也在欣赏这中华民国的象征。我走近去同他们谈话。

我说:"小朋友,这棵树好看吗?"

小朋友们最初有些戒严,退了一步。这也许是我的胡须的关系,

---

① 憾庐,指林憾庐,1936年8月林语堂赴美讲学时,曾由他接替主编《宇宙风》。

"艺术的逃难"

小孩子看见胡须大都有些怕的。但后来他们看见我的态度仁善,恐惧之心就打消了,那姐姐回答我说:"很好看!"我们就谈话起来。

我说:"你家住在什么地方?"

女孩说:"就在那边,湖边上。这棵树是我们村子里某人家的。"

男孩说:"我们门前有一株杨树,树枝剪光了,也会生出新的来。生得很多很多,比这棵树还要多。"

女孩说:"我们那个桥边有一株松树,被人烧去了半株,只剩半株,也不会死。上面很多的枝条和叶子,把桥完全遮住。夏天我们常在桥上乘凉。"

我说:"你们的村庄真好,有这许多大树!这些树真好,它们不怕灾难,受了伤害,自己能生出来补救。好比一个人被斩去了一只臂膊,能再生出一只来。"

女孩子抢着说:"人斩了臂,也会生出来的?"

我说:"人不行,但国就可以。譬如现在,前线上许多兵士被日本鬼子打死了,我们后方能新生出更多的兵士来,上前线去继续抵抗。前线上死一百人,后方新生出一千人,反比本来多了。日本鬼子打中国,只见中国兵越打越多。他们终于打不过我们。现在我们虽然失了许多地方,但增了许多兵士,所以失去的地方将来一定可以收回。中国就好比这一棵树,虽被斩伐了许多枝条,但是新生出来的比原有的更多。将来成为比原来更大的大树。中国将来也能成为比原来更强的强国。"

女孩子说:"前回日本飞机在那江边丢炸弹,炸死了许多人。某甲的爸爸也被炸死。某甲同他的兄弟就去当兵,他们说要杀完了日本鬼子才回家来。"

男孩子也说:"某乙的妈妈也被炸死。某乙有一支枪,很长的,他会打鸟。现在说不打鸟了,要拿这枪去打日本鬼子。"

我说:"你们这儿有这许多人去打日本鬼子,很好。别的地方的人也是这样。大家痛恨日本鬼子,大家愿意去当兵。所以中国的兵越打越多。正同这棵树的枝叶越斩越多一样。我们中国就像棵树。你们看看,像不像?"

两个孩子看看大树,都笑起来。男孩子忽然离开他的姐姐,跑到大树边,张开两臂抱住树干,仰起头来喊了些什么话。随即跟着他的姐姐去了。

我目送两孩去远了,告别大树,回到汉口的寓中,心有所感,就提起笔来把当日所见的情景用画记录。画好之后,先拿给一个少年看。少年看了,叫道:"唉!这棵树真奇怪,斩去了半株,怎么还会生出这许多枝叶来?"他再看一会,又说道:"对了!因为树大的缘故。树大了,根柢深,斩去一点不要紧。他能无限地生长出来,不

"艺术的逃难"

久又是一棵大树了。"我接着说："对啦！我们中国就同这棵树一样。"少年听了这话频频点头，表示感动。随即问我要这幅画。我说没有题字，答允他今晚题了字，明天送他。

晚上，我在这画上题了一首五言诗："大树被斩伐，生机并不绝。春来怒抽条，气象何蓬勃！"又另描了同样的一幅，当晚送给这位少年。过了几天我去看这少年，他已将画纳在镜框中，挂在书室里，并且告诉我说：他每逢在报上看到我军失利的消息，失地中日军虐杀同胞的消息，愤懑得透不过气来。这时候他就去看这幅画，可以得到一种慰藉和勉励。所以他很爱护这画，并且感谢我。我听了这番话，感动甚深。我赞佩这少年的天真的爱国热忱。他正是大树的一根新枝条。

因有这段故事，我读了《见闻》所载《摧残不了的生命》，看了文末的附图，颇思立刻飞到广州去，拉住了憾庐先生，对他说："我也有和你同样的所见和所感呢！"但没有实行，只是写了这些感想寄给他。他把他所见的大树当作几方面的象征：（一）中华民族的生命，是永远摧残不了的。无论现在如何危难，他定要继续生存。（二）现在我们的民族的确已经在"自力更生"中了，而此后要更繁荣更有力地生活下去。（三）宇宙风社不受威胁，虽经广州的狂炸，依旧继续出刊。（四）《见闻》于狂炸中筹办创刊，正如新萌的芽儿。第一二两点，我所见与他全同。第三四两点，自然使我赞佩。但我所赞佩的不止于此。抗战中一切不屈不挠的精神的表现，例如粤汉路屡炸屡修，迅速通车，各种机关屡炸屡迁，照常办公，无数同胞家破人亡（出亡也），绝不消沉，越加努力抗日，都是我所赞佩的，都是大树所象征的。这大树真可说是今日的中国的全体的象征。

〔1938年〕

宜山遇炸记

宜山第一次被炸时，约在二十七〔1938〕年秋，我还在桂林。听说那一次以浙江大学为目标，投了无数炸弹。浙大宿舍在标营，该地多沟，学生多防空知识，尽卧沟中，侥幸一无死伤。却有一个患神经病的学生，疯头疯脑的不肯逃警报，在屋内被炸弹吓了一顿，其病霍然若失，以后就恢复健康，照常上课。浙大的人常引为美谈。

我所遇到的是第二次被炸，时在二十八〔1939〕年夏。这回可不是"美谈"了！汽车站旁边，死了不少人，伤了不少人，吓坏了不少人。我是被吓坏的人之一。自从这次被吓之后，听见铁锅盖的碰声，听见茶熟的沸声，都要变色，甚至听见邻家的老妇喊他的幼子"金保"，以为是喊"警报"，想立起身来逃了！日本军阀的可恶，今日痛定思痛，犹有余愤。幸而我们的最后胜利终于实现了，日本投降了，军阀正在诛灭了！而我依然无恙。现在闲谈往事，反可发泄余愤，添助欢庆呢！

我们初到宜山的一天，就碰一个大钉子：浙江大学的校车载了我一家十人及另外几个搭客及行李十余件，进东门的时候，突被警察二人拦阻，说是紧急警报中，不得入城。原来如此！怪不得城门口不见人影。司机连忙把车头掉转，向后开回数公里，在荒路边一株大树下停车。大家下车坐在泉石之间休息。时已过午，大家饥肠辘辘。幸有粽子一篮，聊可充饥。记得这时候正是清明时节。我们虽是路上行人，也照故乡习惯，裹"清明粽子"带着走。这时候老幼十人，连司机及几位搭客，都吃着粽子，坐着闲谈。日丽风和，天朗气晴。倘能忘记了在宜山"逃警报"，而当作在西湖上picnic〔野餐〕看，我们这下午真是幸福！从两岁的到七十岁的，全家动员，出门游春，还邀了几位朋友参加。真是何等的豪爽之举，风雅之事！唉，人生此世，有时原只得作如是观。

粽子吃完，太阳斜斜地，似乎告诉我们可以入城了。于是大家上车，重新入城，居然进了东门。刚才下车，忽见许多人狂奔而来。惊问何事，原来又是警报！我们初到，不辨地势，只得各自分飞，跟了众人逃命。我家老弱走不动的，都就近逃出东门，往树木茂盛的地方钻。我跟人逃过了江，躲进了一个山洞内。直到天色将黑，警报方才解除。回到停车的地方，幸而行李仍在车上，没有损失，人也陆续回来，没有缺少。于是找住处，找饭店，直到更深才得安歇。据说，这一天共发三次警报。我们遇到的是第二、第三两次。又据说，东门外树木茂盛处正是车站及军事机关。如果来炸，这是大目标。我家的人都在大目标内躲警报！

"艺术的逃难"

我们与宜山有"警报缘"：起先在警报中初相见，后来在警报中别离；中间几乎天天逃警报，而且遇到一次轰炸。

我们起初住在城内开明书店的楼上。后来警报太多，不胜奔走之劳，就在城外里许处租到了三间小屋，家眷都迁去，我和一个小儿仍在开明楼上。有一天，正是赶集的日子，我在楼窗上闲眺路旁的地摊。看见一个纱布摊忽然收拾起来，隔壁的地摊不问情由，模仿着他，也把货收拾起来。一传二，二传三，全街的地摊尽在收拾，说是"警报来了！"大家仓皇逃命。我被弄得莫名其妙，带着小儿下楼来想逃。刚出得门，看见街上的人都笑着。原来并无警报，只是庸人自扰而已。调查谣传的起因，原来那纱布摊因为另有缘故，中途收拾。动作急遽了些，隔壁的地摊就误认为有警报，更快地收拾，一传二，二传三，就演出这三人成虎的笑剧。但在这笑剧的后面，显然可以看出当时人民对于警报的害怕。我在这风声鹤唳、草木皆兵的空气中，觉得坐立不安，便带了小儿也回乡下的小屋里去。

这小屋小得可怜：只是每间一方丈的三间草屋。我们一家十口，买了两架双层床，方才可住。床铺兼凳椅用，食桌兼书桌用，也还便当。若不当作屋看，而当作船看，这船倒很宽畅。况且屋外还有风景：亭、台、岩石、小山、竹林。这原是一个花园，叫做龙岗园。我住的屋原是给园丁住的。岩石崎岖突兀，中有许多裂缝。裂缝便是躲警报的地方。起初，发警报时大家不走。等到发紧急警报，才走到石缝里。但每次敌机总是不来，我们每次安然地回进小屋。后来，正是

宜山遇炸记

南宁失守前数日，邻县都被炸了。宜山危惧起来。我们也觉得石缝的不可靠，想找更安全的避难所。但因循下去，终于没有去找。

有一天，我正想出门去找洞。天忽晴忽雨，阴阳怪气。大家说今天大约不会有警报。我也懒得去找洞了。忽然，警报钟响了。门前逃过的人形色特别仓皇。钟声也似乎特别凄凉。而且接着就发紧急警报。我拉住一个熟人问，才知道据可靠消息，今天敌机特别多，宜山有被炸的可能。我家里的人，依警报来分，可分为两派：一派是胆大的，即我的太太、岳老太太，以及几个十六岁以上的青年。另一派是胆小的，即我的姐姐和两个女孩。我呢，可说无党无派，介乎其中。也可说骑墙，蝙蝠，两派都有我。因为我在酒后属于胆大派，酒前属于胆小派。这一天胆大派的仍旧躲到近旁的石缝里。我没有饮酒，就跟了胆小派走远去。

走远去并无更安全的目的地，只是和烧香拜佛者"出钱是功德"同样的信念，以为多走点路，总好一点。恰好碰到一批熟人，他们毅然地向田野间走，并且招呼我们，说石洞不远。我们得了向导，便一脚水一脚泥地前奔。奔到一处地方，果然见岩石屹立，连忙找洞。这岩石形似一个V字横卧在地上，可以由叉口走进尖角，但上面没有遮蔽，其实并不是洞！但时至

"艺术的逃难"

此刻，无法他迁，死也只得死在这里了。

许多男女钻进了V字里。我伏在V字的口上。举目探望环境，我心里叫一声"啊呀"！原来这地点离大目标的车站和运动场不过数十丈，倒反不如龙岗园石缝的安全！心中正在着急，忽然听到隆隆之声，V字里有人说："敌机来了！"于是男女老幼大家蹲下去拿石上生出来的羊齿植物遮蔽身体。我站在外口，毫无遮蔽，怎么办呢？忽见V字外边的石脚上，微微凹进，上面遍生羊齿植物。情急智生，我就把身体横卧在石凹之内，羊齿植物之下。

我通过羊齿植物的叶，静观天空。但见远远一群敌机正在向我飞来，隆隆之声渐渐增大。我心中想：今天不外三种结果：一是爬起来安然回家；二是炸伤了抬进医院里；三是被炸死在这石凹里。无论哪一种，我唯有准备接受。我仿佛看见一个签筒，内有三张签。其一标上1字，其二标上2字，其三标上3字，乱放在签筒内。而我正伸手去抽一张。

正在如此想，敌机三架已经飞到我的头顶。忽然，在空中停住了。接着，一颗黑的东西从机上降下，正当我的头顶。我不忍看了，用手掩面，听它来炸。初闻空中"嘶"的声音，既而砰然一响，地壳和岩石都震动，把我的身体微微地抛起。我觉得身体无伤。张眼偷看，但见烟气弥漫，三架敌机盘旋其上。又一颗黑的东西从一架敌机上落下，"嘶"，又一颗从另一架上落下。两颗都在我的头顶，我用两手掩面，但听到四面都是"砰砰"之声。

一颗炸弹正好落在V字的中心，"砰"的一声，我们这一群男

女老幼在一刹那间化为微尘——假如这样，我觉得干干脆脆的倒也痛快。但它并不如此，却用更猛烈的震动来威吓我们。这便证明炸弹愈投愈近，我们的危险性愈大。忽然我听见V字里面一个女声叫喊起来。继续是呜咽之声。我茫然了。幸而这时光敌机已渐渐飞远去，隆隆之声渐渐弱起来。大家抽一口气。我站起来，满身是灰尘。匍匐到V字口上去探看。他们看见我都惊奇，因为他们不知我躲在哪里，是否安全。我见人人无恙，便问叫声何来。原来这V字里面有胡蜂作窠。有一女郎碰了蜂窠，被胡蜂螫了一口，所以叫喊呜咽。

敌机投了十几个炸弹，杀人欲似已满足，便远去了。过了好久，解除警报的钟声响出，我们相率离开V字，眼前还是烟尘弥漫，不辨远景。蜂螫的女郎用手捧着红肿的脸，也向烟尘中回家去了。

我饱受了一顿虚惊，回到小屋里，心中的恐怖已经消逝，却充满了委屈之情。我觉得这样不行！我的生死之权决不愿被敌人操持！但有何办法呢？正在踌躇，儿女们回来报告：车站旁、运动场上、江边、公园内投了无数炸弹，死了若干人，伤了若干人。有一个女子死在树下，头已炸烂，身体还是坐着不倒。许多受伤的人呻吟叫喊，被抬赴医院去……我听了这些报道，觉得我们真是侥幸！原来敌人的炸弹不投在闹市，而故意投在郊外。他们料知这时候人民都走出闹市而

"艺术的逃难"

躲在郊外的。那么我们的V字,正是他们的好目标!我们这一群人不知有何功德,而幸免于难。现在想来,这V字也许就是三十四〔1945〕年八月十日之夜出现的V字,最后胜利的象征。

这一晚,我不胜委屈之情。我觉得"空袭"这一种杀人办法,太无人道。"盗亦有道",则"杀亦有道"。大家在平地上,你杀过来,我逃。我逃不脱,被你杀死。这样的杀,在杀的世界中还有道理可说,死也死得情愿。如今从上面杀来,在下面逃命,杀的稳占优势,逃的稳是吃亏。死的事体还在其次,这种人道上的不平,和感情上的委屈,实在非人所能忍受!我一定要想个办法,使空中杀人者对我无可奈何,使我不再受此种委屈。

次日,我有办法了。吃过早饭,约了家里几个同志,携带着书物及点心,自动入山,走到四里外的九龙岩,坐在那大岩洞口读书。

逍遥一天,傍晚回家。我根本不知道有无警报了。这样的生活,继续月余,我果然不再受那种委屈。城里亦不再轰炸。但在不久之后,传来南宁失守的消息。我又只得带了委屈之情,而走上逃难之路。

卅五〔1946〕年五月十六日于沙坪。[①]

[①] 应为:二十八[1939]年七月二十一日于宜山。作者于1946年再度发表此文时误署。

沙坪小屋的鹅

抗战胜利后八个月零十天，我卖脱了三年前在重庆沙坪坝庙湾地方自建的小屋，迁居城中去等候归舟。

除了托庇三年的情感以外，我对这小屋实在毫无留恋。因为这屋太简陋了，这环境太荒凉了；我去屋如弃敝屣。倒是屋里养的一只白鹅，使我念念不忘。

这白鹅，是一位将要远行的朋友送给我的。这朋友住在北碚，特地从北碚把这鹅带到重庆来送给我。我亲自抱了这雪白的大鸟回家，放在院子内。它伸长了头颈，左顾右盼，我一看这姿态，想道："好一个高傲的动物！"凡动物，头是最主要部分。这部分的形状，最能表明动物的性格。例如狮子、老虎，头都是大的，表示其力强。麒麟、骆驼，头部是高的，表示其高超。狼、狐、狗等，头都是尖的，表示其刁奸猥鄙。猪猡、乌龟等，头都是缩的，表示其冥顽愚蠢。鹅的头在比例上比骆驼更高，与麒麟相似，正是高超的性格的表示。而在它的叫声、步态、吃相中，更表示出一种傲慢之气。

"艺术的逃难"

鹅的叫声，与鸭的叫声大体相似，都是"轧轧"然的。但音调上大不相同。鸭的"轧轧"，其音调琐碎愉快，有小心翼翼的意味；鹅的"轧轧"，其音调严肃郑重，有似厉声呵斥。它的旧主人告诉我：养鹅等于养狗，它也能看守门户。后来我看到果然：凡有生客进来，鹅必然厉声叫嚣；甚至篱笆外有人走路，也要它引吭大叫，其叫声的严厉，不亚于狗的狂吠。狗的狂吠，是专对生客或宵小用的；见了主人，狗会摇头摆尾，呜呜地乞怜。鹅则对无论何人，都是厉声呵斥；要求饲食时的叫声，也好像大爷嫌饭迟而怒骂小使一样。

鹅的步态，更是傲慢了。这在大体上也与鸭相似。但鸭的步调急速，有局促不安之相。鹅的步调从容，大模大样的，颇像平剧〔京剧〕里的净角出场。这正是它的傲慢的性格的表现。我们走近鸡或鸭，这鸡或鸭一定让步逃走。这是表示对人惧怕。所以我们要捉住鸡或鸭，颇不容易。那鹅就不然：它傲然地站着，看见人走来简直不让；有时非但不让，竟伸过颈子来咬你一口。这表示它不怕人，看不起人。但这傲慢终归是狂妄的。我们一伸手，就可一把抓住它的项颈，而任意处置它。家畜之中，最傲人的无过于鹅。同时最容易捉住的也无过于鹅。

鹅的吃饭，常常使我们发笑。我们的鹅是吃冷饭的，一日三餐。它需要三样东西下饭：一样是水，一样是泥，一样是草。先吃一口冷饭，次吃一口水,然后再到某地方去吃一口泥及草。这地方是它自己选定的,选的目标,我们做人的无法知道。大约泥和草也有各种滋味,它是依着它的胃口而选定的。这食料并不奢侈;但它的吃法,三眼一板,丝毫不苟。譬如吃了一口饭,倘水盆偶然放在远处,它一定从容不迫地踏大步走上前去,饮水一口,再踏大步走到一定的地方去吃泥、吃草。吃过泥和草再回来吃饭。这样从容不迫的吃饭,必须有一个人在旁侍候,像饭馆里的侍者一样。因为附近的狗,都知道我们这位鹅老爷的脾气,每逢它吃饭的时候,狗就躲在篱边窥伺。等它吃过一口饭,踱着方步去吃水、吃泥、吃草的当儿,狗就敏捷地跑上来,努力地吃它的饭。没有吃完,鹅老爷偶然早归,伸颈去咬狗,并且厉声叫骂,狗立刻逃往篱边,蹲着静候;看它再吃了一口饭,再走开去吃水、吃草、吃泥的时候,狗又敏捷地跑上来,这回就把它的饭吃完,扬长而去了。等到鹅再来吃饭的时候,饭罐已经空空如也。鹅便昂首大叫,似乎责备人们供养不周。这时我们便替它添饭,并且站着侍候。因为邻近狗很多,一狗方去,一狗又来蹲着窥伺了。邻近的鸡也很多,也常蹑手蹑脚地来偷鹅的饭吃。我们不胜其烦,以后便将饭罐和水盆放在一起,免得它走远去,让鸡、狗偷饭吃。然而它所必须的盛馔泥和草,所在的地点远近无定。为了找这盛馔,它仍是要走远去的。因此鹅的吃饭,非有一人侍候不可。真是架子十足的!

　　鹅,不拘它如何高傲,我们始终要养它,直到房子卖脱为止。因为它对我们,物质上和精神上都有贡献,使主母和主人都欢喜它。物质上的贡献，是生蛋。它每天或隔天生一个蛋，篱边特设一堆稻草，鹅蹲伏在稻草中了，便是要生蛋了。家里的小孩子更兴奋，站在它旁边等候。它分娩毕，就起身，大踏步走进屋里去，大声叫开饭。这时候孩子们把蛋热热地捡起，藏在背后拿进屋子来，说是怕鹅看见了要生气。鹅蛋真是大，有鸡蛋的四倍呢！主母的蛋篓子内积得多了，就拿来制盐蛋，炖一个盐鹅蛋，一家人吃不了的！工友上街买菜回来说："今天菜市上有卖鹅蛋的，要四百元一个，我们的鹅每天挣四百元，一个月挣一万二，比我们做工还好呢。哈哈哈哈。"大家陪他"哈哈哈哈"。望望那鹅，它正吃饱了饭，昂胸凸肚地，在院子里踱方步，看野景，似乎更加神气活现了。但我觉得，比吃鹅蛋更好的，还是它的精神的贡献。因为我们这屋实在太简陋，环境实在太荒凉，生活实在太岑寂了。赖有这一只白鹅，点缀庭院，增加生气，慰我寂寞。

　　且说我这屋子，真是简陋极了：篱笆之内，地皮二十方丈，屋所占的只六方丈，其余算是庭院。这六方丈上，建着三间"抗建式"平屋，每间前后划分为二室，共得六室，每室平均一方丈。中央一间，前室特别大些，约有一方丈半弱，算是食堂兼客堂；后室就只有半方丈强，比公共汽

车还小,作为家人的卧室。西边一间,平均划分为二,算是厨房及工友室。东边一间,也平均划分为二,后室也是家人的卧室,前室便是我的书房兼卧房。三年以来,我坐卧写作,都在这一方丈内。归熙甫《项脊轩记》中说:"室仅方丈,可容一人居。"又说:"雨泽下注,每移案,顾视无可置者。"我只有想起这些话的时候,感觉得自己满足。我的屋虽不上漏,可是墙是竹制的,单薄得很。夏天九点钟以后,东墙上炙手可热,室内好比开放了热水汀。这时反教人希望警报,可到六七丈深的地下室去凉快一下呢。

竹篱之内的院子,薄薄的泥层下面尽是岩石,只能种些番茄、蚕豆、芭蕉之类,却不能种树木。竹篱之外,坡岩起伏,尽是荒郊。因此这小屋赤裸裸的,孤零零的,毫无依蔽;远远望来,正像一个亭子。我长年坐守其中,就好比一个亭长。这地点离街约有里许,小径迂回,不易寻找,来客极稀。杜诗"幽栖地僻经过少"一句,这屋可以受之无愧。风雨之日,泥泞载途,狗也懒得走过,环境荒凉更甚。这些日子的岑寂的滋味,至今回想还觉得可怕。

自从这小屋落成之后,我就辞绝了教职,恢复了战前的闲居生活。我对外间绝少往来,每日只是读书作画,饮酒闲谈而已。我的时间全部是我自己的。这是我的性格的要求,这在我是认为幸福的。然而这幸福必需两个条件:在太平时,在都会里。如今在抗战期,在荒村里,这幸福就伴着一种苦闷——岑寂。为避免这苦闷,我便在读书、作画之余,在院子里种豆、种菜、养鸽、养鹅。而鹅给我的印象最深。因为它有那么庞大的身体,那么雪白的颜色,那么雄壮的叫声,那么轩昂的态度,那么高傲的脾气,和那么可笑的行为。在这荒凉岑寂的环境中,这鹅竟成了一个焦点。凄风苦雨之日,手酸意倦之时,推窗一望,死气沉沉,惟有这伟大的雪白的东西,高擎着琥珀色的喙,在雨中昂然独步,好像一个武装的守卫,使得这小屋有了保障,这院子有了主宰,这环境有了生气。

我的小屋易主的前几天,我把这鹅送给住在小龙坎的朋友人家。送出之后的几天内,颇有异样的感觉。这感觉与诀别一个人的时候所发生的感觉完全相同,不过分量较为轻微而已。原来一切众生,本是同根,凡属血气,皆有共感。所以这禽鸟比这房屋更是牵惹人情,更能使人留恋。现在我写这篇短文,就好比为一个永诀的朋友立传,写照。

这鹅的旧主人姓夏名宗禹,现在与我邻居着。

卅五〔1946〕年四月二十五日于重庆。

"艺术的逃难"

那年日本军在广西南宁登陆，向北攻陷宾阳。浙江大学正在宾阳附近的宜山，学生、教师扶老携幼，仓皇向贵州逃命。道路崎岖，交通阻塞，大家吃尽千辛万苦，才到得安全地带。我正是其中之一人，带了从一岁到七十二岁的眷属十人，和行李十余件，好容易来到遵义。看见比我早到的张其昀先生，他幽默地说："听说你这次逃难很是'艺术的'？"我不禁失笑，因为我这次逃难，的确是受艺术的帮忙。

其实与其称为"艺术的逃难"，不如称为"宗教的逃难"。因为如果没有"缘"，艺术是根本无用的。且让我告诉你这逃难的经过：那时我还在浙江大学任教。因为宜山每天两次警报，不胜奔命之苦，我把老弱者六人送到百余里外的思恩县的学生家里。自己和十六岁以上的儿女四人（三女一男）住在宜山；我是为了教课，儿女是为了读书。敌兵在南宁登陆之后，宜山的人，大家忧心悄悄，计划逃难。然因学校当局未有决议，大家无所适从。我每天逃两个警报，吃一顿

"艺术的逃难"

酒，迁延度日。现在回想，真是糊里糊涂！

不久宾阳沦陷了！宜山空气极度紧张。汽车大敲竹杠。"大难临头各自飞"，不管学校如何，大家各自设法向贵州逃。我家分两处，呼应不灵，如之奈何！幸有一位朋友①，代我及其他两家合雇一辆汽车，竹杠敲得不重，一千二百元（廿八〔1939〕年的）送到都匀。言定经过离此九十里的德胜站时，添载我在思恩的老弱六人。同时打长途电话到思恩，叫他们连夜收拾，明晨一早雇滑竿到四十里外的德胜站，等候我们的汽车来载。岂知到了开车的那一天，大家一早来到约定地点，而汽车杳无影踪。等到上午，车还是不来，却挂了一个预报球！行李尽在路旁，逃也不好，不逃也不好，大家捏两把汗。幸而警报不来；但汽车也不来！直到下午，始知被骗。丢了定洋一百块钱（1939年的）。站了一天公路。这一天真是狼狈之极！

找旅馆住了一夜。第二日我决定办法：叫儿女四人分别携带轻便行李，各自去找车子，以都匀为目的地。谁先到目的地，就在车站及邮局门口贴个字条，说明住处，以便相会。这样，化整为零，较为轻便了。我惦记着在德胜站路旁候我汽车的老弱六人，想找短路汽车先到德胜。找了一个朝晨，找不到。却来了一个警报，我便向德胜的

---

① 一位朋友，指浙大教育系心理学教授黄翼（黄羽仪）。

公路上走。息下脚来，已经走了数里。我向来车招手，他们都不睬，管自开过。一看表还只八点钟，我想，求人不如求己，我决定徒步四十五里到怀远站，然后再找车子到德胜。拔脚迈进，果然走到了怀远。

怀远我曾到过，是很热闹的一个镇。但这一天很奇怪：我走上长街，店门都关，不见人影。正在纳罕，猛忆"岂非在警报中？"连忙逃出长街，一口气走了三四里路，看见公路旁村下有人卖团子，方才息足。一问，才知道是紧急警报！看表，是下午一点钟。问问吃团子的两个兵，知道此去德胜，还有四十里，他们是要步行赴德胜的。我打听得汽车滑竿都无希望，便再下一个决心，继续步行。我吃了一碗团子，用毛巾填在一只鞋子底里，又脱下头上的毛线帽子来，填在另一只鞋子底里。一个兵送我一根绳，我用绳将鞋和脚扎住，使不脱落。然后跟了这两个兵，再上长途。我准拟在这一天走九十里路，打破我平生走路的记录。

路上和两个兵闲谈，知道前面某处常有盗匪路劫。我身上有钞票八百余元（1939年的），担起心来。我把八百元整数票子从袋里摸出，用破纸裹好，握在手里。倘遇盗匪，可把钞票抛在草里，过后再回来找。幸而不曾遇见盗匪，天黑，居然走到了德胜。到区公所一问，知道我家老弱六人昨天一早就到，住在某伙铺里。我找到伙铺，相见互相惊讶，谈话不尽。此时我两足酸痛，动弹不得。伙铺老板原是熟识的，为我沽酒煮菜。我坐在被窝里，一边饮酒，一边谈话，感

"艺术的逃难"

到特殊的愉快。颠沛流离的生活，也有其温暖的一面。

次日得宜山友人电话，知道我的儿女四人中，三人已于当日找到车子出发。啊！原来在我步行九十里的途中，他们三人就在我身旁驶过的车子里，早已疾行先长者而去了！我这里有七十二岁的老岳母、我的老姐、老妻、十一岁的男孩、十岁的女孩，以及一岁多的婴孩，外加十余件行李。这些人物，如何运往贵州呢？到车站问问，失望而回。又次日，又到车站，见一车中有浙大学生。蒙他们帮忙，将我老姐及一男孩带走，但不能带行李。于是留在德胜的，还有老小五人，和行李十余件，这五人不能再行分班，找车愈加困难。而战事日益逼近，警报每天两次。我的头发便是在这种时光不知不觉地变白的！

在德胜空住了数天，决定坐滑竿，雇挑夫，到河池，再觅汽车。这早上来了十二名广西苦力，四乘滑竿，四个脚夫，把人连物，一齐扛走。迤逦而西，晓行夜宿，三天才到河池。这三天的生活竟是古风。旧小说中所写的关山行旅之状，如今更能理解了。

河池地方很繁盛，旅馆也很漂亮。我赁居某旅馆，楼上一室，镜台、痰盂、茶具、蚊帐，一切俱全，竟像杭州的二三等旅馆。老板是读书人，知道我的"大名"，招待得很客气；但问起向贵州的汽车，他只有摇头。我起个大早，破晓就到车站

去找车子，但见仓皇、拥挤、混乱之状，不可向迩，废然而返。第二天又破晓到车站，我手里拿了一大束钞票而找司机。有的看看我手中的钞票，抱歉地说，人满了，搭不上了！有的问我有几个人，我说人三个，行李八件（其实是五个，十二件），他好像吓了一跳，掉头就走。如是者凡数次。我颓唐地回旅馆。站在窗前怅望，南国的冬日，骄阳艳艳，青天漫漫；而予怀渺渺，后事茫茫，这一群老幼，流落道旁，如何是好呢？传闻敌将先攻河池，包围宜山、柳州。又传闻河池日内将有大空袭。这晴明的日子，正是标准的空袭天气。一有警报，我们这位七十二岁的老太太怎样逃呢？万一突然打到河池来，那更不堪设想了！

这样提心吊胆地过了好几天，前途似乎已经绝望。旅馆老板安慰我说："先生还是暂时不走，在这里休息一下，等时局稍定再说。"我说："你真是一片好心！但是，万一打到这里来，我人地生疏，如之奈何？"他说："我有家在山中，可请先生同去避乱。"我说："你真是义士！我多蒙照拂了。但流亡之人，何以为报呢？"他说："若得先生到乡，趁避乱之暇，写些书画，给我子孙世代宝藏，我便受赐不浅了！"在这样交谈之下，我们便成了朋友。我心中已有七八分跟老板入山；二三分还想觅车向都匀走。

次日，老板拿出一副大红闪金纸对联来，要我写字。说："老父今年七十，蛰居山中。做儿子的糊口四方，不能奉觞上寿，欲乞名家写联一副，托人带去，聊表寸草之心，可使蓬荜生辉！"我满口答

"艺术的逃难"

允。就到楼下客厅中写对。墨早磨好,浓淡恰到好处,我提笔就写。普通庆寿的八言联,文句也不值得记述了。那闪金纸是不吸水的,墨渖堆积,历久不干。门外马路边太阳光作金黄色。他的管账提议:抬出门外去晒,老板反对,说怕被人踏损了。管账说:"我坐着看管!"就由茶房帮同,把墨迹淋漓的一副大红对联抬了出去。我写字时,暂时忘怀了逃难。这时候又带了一颗沉重的心,上楼去休息,岂知一线生机,就在这里发现。

老板亲自上楼来,说有一位赵先生要见我。我想下楼,一位穿皮上衣的壮年男子已经走上楼来了。他握住我的手,连称"久仰","难得"。我听他的口音,是无锡、常州之类,乡音入耳,分外可亲。就请他在楼上客间里坐谈。他是此地汽车加油站的站长,来得不久。适才路过旅馆,看见门口晒着红对子,是我写的,而墨迹未干,料想我一定在旅馆内,便来访问。我向他诉说了来由和苦衷,他慷慨地说:"我有办法。也是先生运道太好:明天正有一辆运汽油的车子开都匀。所有空位,原是运送我的家眷,如今我让先生先走。途中只说我的眷属是了。"我说:"那么你自己呢?"他说:"我另有办法。况且战事尚未十分逼近,我是要到最后才好走的。"讲定了,他起身就走,说晚上再同司机来看我。

我好比暗中忽见灯光,惊喜之下,几乎雀跃起来。但一刹那间,我又消沉,颓唐,以至于绝望。因为过去种种忧患伤害了我的神经,使它由过敏而变成衰弱。我对人事都怀疑。这江苏人与我萍水相逢,他的话岂可尽信？况在找车难于上青天的今日，我岂敢盼望这种侥幸！他的话多分是不负责的。我没有把这话告诉我的家人，免得她们空欢喜。

岂知这天晚上，赵君果然带了司机来了。问明人数，点明行李，叮嘱司机。之后，他拿出一卷纸来，要我作画。我就在灯光之下，替他画了一幅墨画。这件事我很乐愿，同时又很苦痛。赵君慷慨乐助，救我一家出险，我写一幅画送他留个永念，是很乐愿的。但在作画这件事说，我一向欢喜自动，兴到落笔，毫无外力强迫，为作画而作画，这才是艺术品，如果为了敷衍应酬，为了交换条件，为了某种目的或作用而作画，我的手就不自然，觉得画出来的笔笔没有意味，我这个人也毫无意味。故凡笔债——平时友好请求的，和开画展时重订的——我认为是一件苦痛的事。为避免这苦痛，我把纸整理清楚，叠在手边。待兴到时，拉一张来就画。过后补题上款，送给请求者。总之，我欢喜画的时候不知道为谁而画，或为若干润笔而画，而只知道为画而画。这才有艺术的意味。这掩耳盗铃之计，在平日可行，在那时候却行不通。为了一个情不可却的请求，为了交换一辆汽车，我不得不在疲劳忧伤之余，在昏昏灯火之下，用恶劣的纸笔作画。这在艺术上是一件最苦痛，最不合理的事！但我当晚勉力执行了。

次日一早，赵君亲来送行，汽车顺利地开走。下午，我们老幼五人及行李十二件，安全地到达了目的地都匀。汽车站壁上贴着我的老姐及儿女们的住址，他们都已先到了。全家十一人，在离散了十六天

235

"艺术的逃难"

之后,在安全地带重行团聚,老幼俱各无恙。我们找到了他们的时候,大家笑得含不拢嘴来。正是"人世难逢开口笑,茅台须饮两千杯!"这晚上十一人在中华饭店聚餐,我饮茅台酒大醉。

一个普通平民,要在战事紧张的区域内舒泰地运出老幼五人和十余件行李,确是难得的事。我全靠一副对联的因缘,居然得到了这权利。当时朋友们夸饰为美谈。这就是张其昀先生所谓"艺术的逃难"。但当时那副对联倘不拿出去晒,赵君无由和我相见,我就无法得到这权利,我这逃难就得另换一种情状。也许更好;但也许更坏:死在铁蹄下,转乎沟壑……都是可能的事。人真是可怜的动物!极微细的一个"缘",例如晒对联,可以左右你的命运,操纵你的生死。而这些"缘"都是天造地设,全非人力所能把握的。寒山子诗云:"碌碌群汉子,万事由天公。"人生的最高境界,只有宗教。所以我说,我的逃难,与其说是"艺术的",不如说是"宗教的"。人的一切生活,都可说是"宗教的"。

赵君名正民,最近还和我通信。

三十五〔1946〕年四月二十九日于重庆

狂欢之夜

处处响着爆竹声。我挤向一家卖爆竹的铺子，好容易挤到了铺子门口。我摸出钞票来，预备买两串爆竹。那铺子里的四川老板正在手忙脚乱地关店门，几乎把我推出门外。我连喊"买鞭炮，买鞭炮"，把手中的钞票高举送上。老板娘急忙收了钞票，也不点数，就从架上随便取了两包爆竹递给我，他们的门就关上了。我恍然想到：前几天报上登着，美国人预料胜利将至，狂欢之夜，店铺难免损失，所以酒吧，咖啡店等，已在及早防备。我们这四川老板急忙关门，便是要避免这种"欢喜的损失"。那老板娘嘴里咕噜咕噜，表示他们已经为这最后胜利的庆祝会尽过义务了。

挤得倦了，欢呼得声嘶力竭了，我拿着爆竹，转入小弄，带着兴奋，缓步回家。路上遇到许多邻人，他们也是欢乐得疲倦了，这才离开这疯狂的群众的。"丰先生，我们来讨酒吃了！"后面有几个人向我喊。这都是我们的邻人，他们与我，平日相见时非常客气。我们的交情的深度，距离"讨酒吃"还很远，若在平时，他们向我说这句

237

"艺术的逃难"

话,实在唐突。但在这晚上,"唐突"两字已从中国词典里删去,无所谓唐突,只觉得亲热了。我热诚地招呼他们来吃酒。我回到家里到主母房里搜寻一下,发见两瓶茅台酒。这是贵州的来客带送我的,据说是真茅台酒,不易多得的,我藏久矣,今日不吃,更待何时?我把酒拿到院子里,许多邻人早已坐着笑谈;许多小孩正在燃放爆竹。不知谁买来的一大包蛋糕,就算是酒肴。不待主人劝酒大家自斟自饮。平日不吃酒的人,也豪爽地举杯。一个青年端着一杯酒,去敬坐在篱角里小凳上吃烟的老姜。这本地产的男工,素来难得开口,脸上从无笑容。这晚上他照旧默默地坐在篱角里的小凳上吃他的烟,"胜利"这件事在他似乎不知不觉。那个青年,不知是谁,我竟记不起了,他大约是闹得不够味,或者是怪那工人不参加狂欢,也许是敬慕他的宠辱不惊的修养功夫,恭敬地站在他面前,替他奉觞上寿。口里说:"老姜,恭喜恭喜!"那工人被他弄得莫名其妙,站起身来,从来不曾笑过的脸上,居然露出笑容来。他接了酒杯,一口饮尽。大家拍手欢呼。老姜瞪目四顾表示狼狈,口里说:"啥子吗?"照这样子看来,他的确是不知"胜利"的!他对于街上的狂欢,眼前的热闹,大约看作四川各地新年闹龙灯一样,每年照例一次,不足为奇,他也向不参加。他全不知道这是千载一遇的盛会!他全不知道这种欢乐与光荣在他是有份的!当时大家笑他,我却敬佩他的"不动心",有"至人"风。到现在,胜利后一年多,我回想起他,觉得更可敬佩;他也许是个无名的大预言家,早知胜利以后民生非但不得幸福,反而要比战时更苦。所以他认为不值得参加这晚上的狂欢。他瞠目四顾，冷静地说："啥子吗！"恐怕其意思就是说："你们高兴啥子？胜利就是糟糕！苦痛就在后面！"幸而当晚他肯赏光，居然笑嘻嘻地接受了我们这青年所敬他的一杯茅台酒，总算维持了我们这一夜狂欢的场面。

酒醉之后，被街上的狂欢声所诱，我又跟了青年们去看热闹。带了满身欢乐的疲劳而返家的时候，已是后半夜两点钟了。就寝之后，我思如潮涌，不能成眠。我想起了复员东归的事，想起了八年前被毁的缘缘堂，想起了八年前仓皇出走的情景，想起了八年来生离死别的亲友，想起了一群汉奸的下场，想起了惨败的日本的命运，想起了奇迹地胜利了的中国的前途……无端的悲从中来。这大约就是古人所谓"欢乐极兮哀情多"，或许就是心理学家所谓"胜利的悲哀"。不知不觉之间，东方已经泛白。我差不多没有睡觉，一早起来，欢迎千古未有的光明的白日。

卅五〔1946〕年复员途中作。

谢谢重庆

胜利前一年，民国三十三〔1944〕年的中秋，我住在重庆沙坪坝的"抗建式"小屋内。当夜月明如昼，我家十人团聚。我庆喜之余，饮酒大醉，没有赏月就酣睡了。次晨醒来，在枕上填一曲打油词。其词曰：

　　七载飘零久。喜中秋巴山客里，全家聚首。去日孩童皆长大，添得娇儿一口。都会得奉觞进酒。今夜月明人尽望，但团圆骨肉几家有？天于我，相当厚。

　　故园焦土蹂躏后。幸联军痛饮黄龙，快到时候。来日盟机千万架，扫荡中原暴寇。便还我河山依旧。漫卷诗书归去也，问群儿恋此山城否？言未毕，齐摇手。（贺新凉）

我向不填词，这首打油词，全是偶然游戏，况且后半夸口狂言，火气十足，也不过是"抗战八股"之一种而已，本来不值得提及。岂知第二年的中秋，我国果然胜利。我这夸口狂言竟成了预言。我高兴得很,三十四〔1945〕年八月十日后数天内,用宣纸写这首词,写了不少张,分送亲友,为胜利助喜。自己留下一张,贴在室内壁上,天天观赏。

起初看看壁上的词,读读后面一段,觉得心情痛快。后来越读越不快了。过了几个月,我把这张字条撕去,不要再看了!为什么原故呢?因为最后几句,与事实渐渐发生冲突,使我读了觉得难以为情。

最后几句是"漫卷诗书归去也,问群儿恋此山城否?言未毕,齐摇手"。岂知胜利后数月内,那些"劫收"的丑恶,物价的飞涨,交通的困难,以及内战的消息,把胜利的欢喜消除殆尽。我不卷诗书,无法归去,而群儿都说:"还是重庆好。"在这情况之下,我重读那几句词句,觉得无以为颜。我只得苦笑着说,我填错了词,应该说:"言未毕,齐点首。"

做人倘全为实利打算,我是最应该不复员而长作重庆人的。因为一者,我的故乡石门湾,二十六〔1937〕年冬天就被敌人的炮火改成一片焦土。我的缘缘堂以及其他几间老屋和市房,全部不存,我已无家可归。而在重庆的沙坪坝,倒有自建的几间"抗建式"小屋,可蔽风雨。二者,我因为身体不好,没有担任公教职员,多年来闲居在重庆沙坪坝的小屋里卖画为生,没有职业的牵累,全无急急复员的必要。我在重庆,在上海,一样地是一个闲人。何必钻进忙人里去赶热闹呢?三者,我的子女当时已有三个人成长,都在重庆当公教人员。他们没有家室,又不要担负父母的生活,所得报酬,尽可买书买物,从容自给。况且四川当局曾有布告，欢迎下江教师留渝，报酬特别优厚。为他们计，也何必辛苦地回到"人浮于事"的下江去另找饭碗呢？——从上述这三点打算，我家是最不应该复员而最应该长作重庆人的。

不知道一种什么力，终于使我厌弃重庆，而心向杭州。不知道一种什么心理，使我决然地舍了沙坪坝的衽席之安，而走上东归的崎岖之路。明知道今后衣食住行，要受一切的困苦，明知道此次复员，等于再逃一次难；然而大家情愿受苦，情愿逃难，拼命要回杭州。这是什么原故？自己也不知道。想来想去，大约是"做人不能全为实利打算"的原故吧。全为实利打算，换言之，就是只要便宜。充其极端，做人全无感情，全无意气，全无趣味，而人就变成枯燥、死板、冷酷、无情的一种动物。这就不是"生活"，而仅是一种"生存"了。古人有警句云："不为无益之事，何以遣有涯之生？"（清项忆云语）这句话看似翻案好奇，却含有人生的至理。无益之事，就是不为利害打算的事，就是由感情、意气、趣味的要求而做的事。我的去重庆而返杭州，正是感情、意气、趣味的要求，正是所谓"无益之事"。我幸有这一类的事，才能排遣我这"有涯之生"。

"漫卷诗书归去也，问群儿恋此山城否？言未毕，齐摇手。"其实并非厌恶这山城，只是感情、意气、趣味所发生的豪语而已。凡人都爱故乡。外国语有nostalgia一语，译曰"怀乡病"。中国古代诗文中，此病尤为流行。"去国怀乡"，自古叹为不幸。今后世界交通便捷，人的生活流动，"乡"的一个观念势必逐渐淡薄，而终至于消灭，到处为家，根本无所谓"故乡"。然而我们的血管里，还保留着不少"怀乡病"的细菌。故客居他乡，往往要发牢骚，无病呻吟。尤其是像我这样，被敌人的炮火所逼，放逐到重庆来的人，发点牢骚，正是有病呻吟。岂料呻吟之后，病居然好了，十年不得归去的故乡，居然有一天可以让我归去了！因此上，不管故园已成焦土，不管交通如何困难，不管下江生活如何昂贵，我一定要辞别重庆，遄返江南。

  重庆的临去秋波，非常可爱！那正是清和的四月，我卖脱了沙坪坝的小屋，迁居到城里凯旋路来等候归舟。凯旋路这名词已够好了，何况这房子站在山坡上，开窗俯瞰嘉陵江，对岸遥望海棠溪。水光山色，悦目赏心。晴朗的重庆，不复有警报的哭声，但闻"炒米糖开水""盐茶鸡蛋"的节奏的叫唱。这真是一个可留恋的地方。可惜如马一浮先生赠诗所说："清和四月巴山路，定有行人忆六桥。"我苦忆六桥，不得不离开这清和四月的巴山而回到杭州去。临别满怀感谢之情！数年来全靠这山城的庇护，使我免于披发左衽。谢谢重庆！

一九四七年元旦脱稿。

桂林的山

"桂林山水甲天下",我没有到桂林时,早已听见这句话。我预先问问到过的人,"究竟有怎样的好?"到过的人回答我,大都说是"奇妙之极,天下少有"。这正是武汉疏散人口,我从汉口返长沙,准备携眷逃桂林的时候。抗战节节失利,我们逃难的人席不暇暖,好容易逃到汉口,又要逃桂林去。对于山水,实在无心欣赏,只是偶然带便问问而已。然而百忙之中,必有一闲。我在这一闲的时间想象桂林的山水,假定它比杭州还优秀。不然,何以可称为"甲天下"呢?

我们一家十人,加了张梓生先生家四五人,合包一辆大汽车,从长沙出发到桂林,车资是二百七十元。经过了衡阳、零陵、邵阳,入广西境。闻名已久的桂林山水,果然在二十七〔1938〕年六月二十四日下午展开在我的眼前。初见时,印象很新鲜。那些山都拔地而起,好像西湖的庄子内的石笋,不过形状庞大,这令人想起古画中的远峰,又令人想起"天外三峰削不成"的诗句。至于水,漓江的绿波,比西湖的水更绿,果然可爱。我初到桂林,心满意足,以为流离中能

桂林的山

得这样山明水秀的一个地方来托庇，也是不幸中之大幸。开明书店的陆联棠经理，替我租定了马皇背（街名）的三间平房，又替我买些竹器。竹椅、竹凳、竹床，十人所用，一共花了五十八块桂币。桂币的价值比法币低一半，两块桂币换一块法币。五十八块桂币就是二十九块法币。我们到广西，弄不清楚，曾经几次误将法币当作桂币用。后来留心，买物付钱必打对折。打惯了对折，看见任何数目字都想打对折。我们是六月二十四日到桂林的。后来别人问我哪天到的，我回答"六月二十四"之后，几乎想补充一句："就是三月十二日呀！"

汉口沦陷，广州失守之后，桂林也成了敌人空袭的目标，我们常常逃警报。防空洞是天然的，到处皆有，就在那拔地而起的山的脚下。因了逃警报，我对桂林的山愈加亲近了。桂林的山的性格，我愈加认识清楚了。我渐渐觉得这些不是山，而是大石笋。因为不但拔地而起，与地面成九十度角，而且都是青灰色的童山，毫无一点树木或花草。久而久之，我觉得桂林竟是一片平原，并无有山，只是四围种着许多大石笋，比西湖的庄子里的更大更多而已。我对于这些大石笋，渐渐地看厌了。庭院中布置石笋，数目不多，可以点缀风景；但我们的"桂林"这个大庭院，布置的石笋太多，触目皆是，岂不令人生厌。我有时遥望群峰，想象它们是一只大动物的牙齿，有时望见一带尖峰，又想起小时候在寺庙里的十殿阎王的壁画中所见的尖刀山。假若天空中掉下一个巨人来，掉在这些尖峰上，一定会穿胸破肚，鲜血淋漓，同十殿阎王中所绘的一样。这种想象，使我渐渐厌恶桂林的山。这些时候听到"桂林山水甲天下"这句盛誉，我的感想与前大异：我觉得桂林的特色是"奇"，却不能称"甲"，因为"甲"有十全十美的意思，是总平均分数。桂林的山在天下的风景中，决不是十全十美。其总平均分数决不是"甲"。世人往往把"美"与"奇"两字混在一起，搅不清楚，其实奇是罕有少见，不一定美。美是具足圆满，不一定需要奇。三头六臂的人，可谓奇矣，但是谈不到美。天真烂漫的小孩，可为美矣，但是并不稀奇。桂林的山，奇而不美，正同三头六臂的人一样。我是爱画的人。我到桂林，人都说"得其所哉"，意思是桂林山水甲天下，可以入我的画。这使我想起了许多可笑的事：有一次有人报告我："你的好画材来了，那边有一个人，身长不满三尺，而须长有三四寸。"我跑去一看，原来是做戏法的人带来的一个侏儒。这男子身体不过同桌子面高，而头部是个老人。对这残废者，我只觉得惊骇与怜悯，哪有心情欣赏他的"奇"，更谈不到美与画了。又有一次到野外写生，遇见一个相识的人，他自言熟悉当地风物，好意引导我去探寻美景，他说："最美的风景在那边，你跟我来！"我跟了他跋山涉水，走得十分疲劳，好容易走到了他的目的地。原来有一株老树，不知遭了什么劫，本身横卧在地，而枝叶依旧欣欣向上。我率直地说："这难看死了！我不要画。"其人大为扫兴，我倒觉得可惜。可惜的是他引导我来此时，一路上有不少平凡而美丽的风景，我不曾写得。而他所谓美，其实是奇。美其所美，非吾所谓美也。这样的事，我所经历的不少。桂林的山，便是其中之一。

桂林的山

篆文的山字，是三个近乎三角形的东西。古人造象形字煞费苦心，以最简单的笔划，表出最重要的特点。像女字、手字、木字、草字、鸟字、马字、山字、水字等，每一个字是一幅速写画。而山因为望去形似平面，故造出的象形字的模样，尤为简明。从这字上，可知模范的山，是近于三角形的，不是石笋形的；可知桂林的山，不是模范的山，只是山之一种——奇特的山。古语说："仁者乐山，智者乐水"，则又可知周围山水对于人的性格很有影响。桂林的奇特的山，给广西人一种奇特的性格，勇往直前，百折不挠，而且短刀直入，率直痛快。广西省政治办得好，有模范省之称，正是环境的影响；广西产武人，多名将，也是拔地而起山的影响。但是讲到风景的美，则广西还是不参加为是。

"桂林山水甲天下"，本来没有说"美甲天下"。不过讲到山水，最容易注目其美。因此使桂林受不了这句盛赞。若改为"桂林山水天下奇"则庶几近情了。

卅六〔1947〕年三月七日于杭州。

胜利还乡记

避寇西窜，流亡十年，终于有一天，我的脚重新踏到了上海的土地。我从京沪火车上跨到月台上的时候，第一脚特别踏得重些，好比同它握手。北站除了电车轨道照旧之外，其余的都已不可复识了。

我率眷投奔朋友家。预先函洽的一个楼面，空着等我们去息足。息了几天，我们就搭沪杭火车，在长安站下车，坐小舟到石门湾去探望故里。

我的故乡石门湾，位在运河旁边。运河北通嘉兴，南达杭州，在这里打一个弯，因此地名石门湾。石门湾属于石门县（即崇德县），其繁盛却在县城之上。抗战前，这地方船舶麇集，商贾辐辏。每日上午，你如果想通过最热闹的寺弄，必须与人摩肩接踵，又难免被人踏脱鞋子。因此石门湾有一句专用的俗语，形容拥挤，叫做"同寺弄里一样"。

当我的小舟停泊到石门湾南皋桥堍的埠头上的时候，我举头一望，疑心是弄错了地方。因为这全非石门湾，竟是另一地方。只除运河的湾没有变直,其他一切都改样了。这是我呱呱坠地的地方。但我十年归来,第一脚踏上故乡的土地的时候,感觉并不比上海亲切。因为十年以来,它不断地装着旧时的姿态而入我的客梦;而如今我所踏到的,并不是客梦中所惯见的故乡!

我沿着运河走向寺弄。沿路都是草棚、废墟,以及许多不相识的人。他们都用惊奇的眼光对我看,我觉得自己好像伊尔文Sketch Book 中的Rip Van Winkle[①]。我感情兴奋,旁若无人地与家人谈话:"这里就是杨家米店,""这里大约是殷家弄了!""喏喏喏,那石埠头还存在!"旁边不相识的人,看见我们这一群陌生客操着道地的石门湾土白谈话,更显得惊奇起来。其中有几位父老,向我们注视了一会,和旁人切切私语,于是注目我们的更多,我从耳朵背后隐约听见低低的话声:"丰子恺。""丰子恺回来了。"但我走到了寺弄口,竟无一个认识的人。因为这些人在十年前大都是孩子,或少年,现在都已变成成人,代替了他们的父亲。我若要认识他们,只有问他的父亲叫什么了。"儿童相见不相识,笑问客从何处来",这两句诗从前是读读而已,想不到自己会做诗中的主角!

"石门湾的南京路[②]"的寺弄,也尽是草棚。"石门湾的市中心"的接待寺,已经全部不见。只凭寺前的几块石板,可以追忆昔日

---

① 《Rip Van Winkle》(《瑞普·凡·温克尔》)是美国作家华盛顿·欧文的《见闻杂记》中的篇名,亦即该篇中的主人公名。
② 南京路是上海最热闹的一条路,这里是借喻。

"艺术的逃难"

的繁荣。在寺前，忽然有人招呼我。一看，一位白须老翁，我认识是张兰墀。他是当地一大米店的老主人，在我的缘缘堂建筑之先，他也造一所房子。如今米店早已化为乌有，房子侥幸没有被烧掉。他老人家抗战至今，十年来并未离开故乡，只是在附近东躲西避，苟全性命。石门湾是游击区，房屋十分之八九变成焦土，住民大半流离死亡。像这老人，能保留一所劫余的房屋和一掬健康的白胡须，而与我重相见面，实在难得之至，这可说是战后的石门湾的骄子了。这石门湾的骄子定要拉我去吃夜饭，我尚未凭吊缘缘堂废墟，约他次日再见。

从寺弄转进下西弄，也尽是茅屋或废墟，但凭方向与距离，走到了我家染纺店旁的木场桥。这原来是石桥。我生长在桥边，每块石板的形状和色彩我都熟悉。但如今已变成平平的木桥，上有木栏，好像公路上的小桥。桥堍一片荒草地，染坊店与缘缘堂不知去向了。根据河边石岸上一块突出的石头，我确定了染坊店墙界。这石岸上原来筑着晒布用的很高的木架子。染坊司务站在这块突出的石头上，用长竹竿把蓝布挑到架上去晒的。我做儿童时，这块石头被我们儿童视为危险地带。只有隔壁豆腐店里的王囡囡，身体好，胆量大，敢站到这石头上，而且做个"金鸡独立"。我是不敢站上去的。有一次我央另一个人拉住了手，上去站了一会，下临河水，胆战心惊。终被店里的人看见，叫我回来，并且告诉母亲，母亲警戒我以后不准再站。如今百事皆非，而这块石头依然如故。这一带地方的盛衰沧桑，染坊店、缘缘堂的兴废,以及我童年时的事,这块石头——亲眼看到,详细知道。我很想请它讲一点给我听。但它默默不语,管自突出在石岸上。只有一排墙脚石,肯指示我缘缘堂所在之处。我由墙脚石按距离推测,在荒草地上约略认定了我的书斋的地址。一株野生树木,立在我的书桌的地方,比我的身体高到一倍。许多荆棘,生在书斋的窗的地方。这里曾有十扇长窗,四十块玻璃。石门湾沦陷前几日,日本兵在金山卫登陆,用两架飞机来炸十八里外的石门县,这十扇玻璃窗都震怒,发出愤怒的叫声。接着就来炸石门湾,一个炸弹落在书斋窗外五丈的地方,这些窗曾大声咆哮。我躲在窗内,幸免于难。这些回忆,在这时候一一浮出脑际。我再请墙脚石引导,探寻我们的灶间的地址。约略找到了,但见一片荒地,草长过膝。抗战后一年,民国二十七〔公元1938〕年,我在桂林得到我的老姑母的信,说缘缘堂虽毁,烟囱还是屹立。这是"烟火不断"之象。老人对后辈的慰藉与祝福,使我诚心感动。如今烟囱已不知去向。而我家的烟火的确不断。我带了六个孩子(二男四女)逃出去,带回来时变了六个成人,又添了一个八岁的抗战儿子。倘使缘缘堂存在,它当日放出六个小的,今朝收进六个大的,又加一个小的作利息,这笔生意着实不错!它应该大开正门,欢迎我们这一群人的归来。可惜它和老姑母一样作古,如今只剩一片蔓草荒烟,只能招待我们站立片时而已!大儿华瞻,想找一点缘缘堂的遗物,带到北平去作纪念。寻来寻去,只有蔓草荒烟,遗物了不可得。后来用器物发掘草地,在尺来深的地方,掘得了一块

"艺术的逃难"

焦木头。依地点推测,大约是门槛或堂窗的遗骸。他髫龄的时候,曾同它们共数晨夕。如今他收拾它们的残骸,藏在火柴匣里,带它们到北平去,也算是不忘旧交,对得起故人了。这一晚我们到一个同族人家去投宿。他们买了无量的酒来慰劳我,我痛饮数十盅,酣然入睡,梦也不做一个。次日就离开这销魂的地方,到杭州去觅我的新巢了。

一九四七年五月十日于杭州作。

防空洞中所闻

南宁将失守的前两个月，宜山的警报，像课程表一样排定：上午八时起一次，下午二时起一次，傍晚有时再来一次。我在浙江大学教课。我的课，艺术欣赏与艺术教育，排在下午二时。这一学期中，我只上过一次课，其余的都被警报放假了。放假是先生的幸福。尤其是我，从家里到学校，要走三四里崎岖不平的路，走到时气喘汗流，讲不得课。放假在我应是很大的幸福。但在那时候，这幸福并不大。因为不上教室，就得上防空洞，防空洞的路也很崎岖。只是上教室要唱独脚戏，讲自己并不高兴讲的话，而上防空洞，没有这种苦处，倒可选几个相识或不相识的人，随意谈天，自得其乐。有时"联络感情，交换知识"，有时"奇文共欣赏，疑义相与析"，那时我想：上防空洞比上教室更有意义。

警报规定来，而飞机难得来。因此我进洞以后，恐怖的心情少，而谈天的兴味多。在最初，有许多胆大的人，经验了这情形，便懒得上防空洞，而冒险住在家里。结果便宜了他们，他们便自豪。后来有

"艺术的逃难"

一次，飞机真个来了，而且炸死了许多人。从此以后，自豪的人便不敢再豪，警报一响，大家按时入洞。因此入洞一事，渐渐成了定规，竟同上课一样。有时大家诧异："今天皮包小姐为什么还不来？"话未说完，那小姐果然挟了那皮包姗姗而来。"今天大块头一家为什么还不来？"东张西望，"啊，原来大块头一家今天坐在里面的洞里！"

我入防空洞，最初带一册书，后来废止了。因为我觉得和同洞人闲谈，比读死书有意思得多。我不欢喜找熟识的同洞人谈天，而欢喜找不相识的同洞人谈天。在洞内，不比在路上，素不相识的人，都可以随便招呼，而且一招呼就很亲热。我往往选定一个对象，预先估量这人是什么路道，有过怎样的生涯的，然后去同他攀谈。

我虽然没有学过相面，然而我的估量，大都近似。有一次，我在同洞的人中注意到了一个瘦长的中年人。他的脸色特别忧愁，他的态度特别严肃。入洞他总是最早，出洞他总是最迟。在洞中，有一次他忽然站起来摇手，制止别人谈话："静些，静些！外面好像有飞机的声音呢！"其实是旁边一个胖子躺在石上打眠鼾的声音。有一次，他旁边一位国文教师，手里捧着一册唐诗，用鼻音扯起了调子哼诗。他愁眉不展了好久，终于向他开口："啊呀，你不要这样念诗呀！这声音很像飞机呢！"我看中了这位中年人，同他攀谈起来。我料量他一定有着恐怖的经验，受过很大的刺激。结果不出我之所料，他告诉我这样的故事：

他是江西人，在广州营商的，家中原有一妻一子。子三岁的时候，广州警报频仍，而且炸得很凶。每天，他担了被头和食篮，他的夫人背了三岁的儿子，逃进防空洞去。

有一天，警报发得迟了一点，他们没有进洞，炸弹已经下来。响声震地，烟雾漫天！许多人在入洞的路上被炸死了，血肉横飞，溅到他们的身上和脸上，而他们俩幸未吃着弹片，九死一生地逃进了洞中，他们俩到得洞中，一面喘息，一面揩拭脸上、衣上的别人的血肉。幸而洞中黑暗，看不出形色，免得惨不忍睹。他忽然想起了他夫人背上的娇儿，料他身上也有别人的血肉，就用手去摸。不摸则已，一摸，啊呀！娇儿的头哪里去了？旁人用电筒来照，一个无头的孩子紧紧地缚住在他母亲的背上！

他夫妇二人哭得晕去。幸赖旁人救护劝慰，得在警报解除后担了被头和食篮，背了无头的孩子，啼啼哭哭地出洞。他们想回家去殓葬这娇儿。岂知走近门巷，但见一片烟火，家已不知去向了！他们俩只得跟了许多无家可归的人，到临时避难所去息足。他的夫人，至此眼泪已经哭完，不知所云了。幸有一条被头，铺在檐下，给夫人坐了。他从夫人背上解下无头的娇儿。他夫人看了，不哭而笑，足见她已经变成痴子了！他不忍抛弃这娇儿的身体，而又无法殓葬，就把它塞在佛像的座下。这临时避难所，原是一所庙宇，供着佛像的。他回到檐下，看见夫人已经躺在被上入睡了。他坐在她旁边，定一定神，他想：完了！幸而夫妻两人还在，而且大家年纪还轻。不怕，重新来

"艺术的逃难"

过!他一告奋勇,便觉得肚饥。他想起食篮里还有冷饭和肉。他就向篮里去找。篮上粘满了血肉,篮面上的遮布变成了红布。他撩开红布去探饭团,摸着一个软软的、湿湿的东西,拿出来一看,啊呀!原来是娇儿的半个脑袋!他惊叫一声,他的夫人坐了起来,旁的避难者也都来看。他的夫人一见这东西,长号一声,倒在地上,从此不再醒来了!……这样,他就变成了一个光棍,以后设法埋葬了妻和儿,流亡到宜山地方来。我听他讲完,觉得浑身发冷。最"动人"的是后来在饭篮里发见孩子的半个脑袋。料想是路上被弹片切下,偶然落入自家的饭篮中的。这个"偶然"实在太残忍了,太恶作剧了!

我自从探得了这人的惨史以后,每次入洞,对他特别亲热。我同情他,勉励他,并且表示愿意尽我的能力帮助他。他在一个机关里当收发,我曾经亲自去访他。那机关长是认识我的,见我去访他的门吏,甚是惊奇。后来对我说:"这人神经异常,只能管收发。"我就把这段惨史告诉他,而且要求他照拂。当时他也表示感动,答允我的要求。后来南宁失守,大家各自分飞,我也顾不得他,下文就没有了。

一九四六年作。[1]

---

[1] 文末写作时间为1957年版《缘缘堂随笔》中所署。疑为1947年之误。——编者注。